꿈을 키우는 그대에게 선물합니다

_____ 님께

_____ 드림

꿈을 실현한 삶의 영광도
　　　이름 모를 들풀처럼 사라져버림도
청소년 시절의 쓰임새에 달렸거늘…

길을 묻는 청소년

꿈을 실현하고 싶은 너에게

길을 묻는
청소년

윤문원 지음

씽크파워
THINK POWER

길을 묻는
청소년

초판 1쇄 인쇄 | 2014년 11월 15일
초판 5쇄 발행 | 2015년 3월 1일

지은이 | 윤문원
펴낸이 | 심윤희
본문디자인 | 최은숙
표지디자인 | 행복한물고기

펴낸곳 | 씽크파워
출판등록 | 2005년 10월 21일 제393-2005-15호
주소 | 서울 종로구 창경궁로 34길 18-5 토가빌딩 5층
전화 | 031-501-8033
팩스 | 031-501-8043
이메일 | yun259@hanmail.net

ISBN 979-11-85161-13-6(03810)

이 도서의 국립중앙도서관 출판예정도서목록(CIP)은 서지정보유통지원시스템 홈페이지
(http://seoji.nl.go.kr)와 국가자료공동목록시스템(http://www.nl.go.kr/kolisnet)에서
이용하실 수 있습니다.(CIP제어번호 : CIP2014028326)

길을 묻는 너에게
편지를 띄운다

너를 사랑한다

내가 사는 집 근처에는 중학교와 고등학교가 있어. 매일 아침마다 키우는 개를 데리고 산책하러 나가서 해맑은 웃음소리를 내고 재잘거리면서 등교하는 모습이 참 상쾌해. 또 밤늦은 시간에 자율학습을 마치고 집으로 돌아가는 모습을 보면서 괜히 내가 뿌듯한 마음이 들기도 하는구나.

네 또래의 청소년들이 TV의 퀴즈 프로그램에서 발산하는 지식과 예능 오디션 프로그램에서의 거침없는 발랄함과 발명대회에서의 창의성과 운동 경기에서 보여주는 건강함에서 밝은 미래를 확신해.

인생의 봄에 해당하는 청소년 시절은 몸과 마음이 폭풍 성장하는 시기야. 네 앞에는 창창한 미래가 기다리고 있어. 높은 뜻을 품고 의지를 강하게 하며, 몸과 마음을 갈고닦는 일에 주저함이 없어야겠지.

네 꿈의 실현을 위해서 가슴이 뜨겁게 뛰어야 해. 꿈! 가슴 깊이 품고 있는 꿈! 이것이야말로 무한한 가능성을 열어젖히는 것이야. 꾸준한 노력으로 한 걸음 한 걸음 전진해나간다면 꿈이 아름답고 소담스럽게 꽃을 피우고 열매를 맺을 거야.

나는 인생 선배로서 조언과 격려가 필요한 청소년인 네게 꿈과 희망을 심어주고 싶어 이 책을 집필했어. 가능한 한 공감할 수 있도록 편지 형식의 글을 썼어.

네 인생에서 꿈을 실현한 삶의 영광도, 이름조차 모르는 들풀처럼 미미한 존재로 살아가는 것도 청소년 시절을 어떻게 보내느냐에 달려있어.

그래, 이제 한결같은 열정의 불길과 강력한 우군인 용기와 함께 꿈의 실현을 위해 앞으로 전진 또 전진!

너를 사랑한다.

저자 윤문원

제2장 어떻게 꿈을 펼칠 것인가

제3장 꿈의 걸림돌을 제거하라

제4장 꿈의 실현을 꿈꿔라

제 1 장

네 꿈을
펼쳐라

삶이란 무엇인가

'삶이란 무엇인가?' 이렇게 처음부터 거창한 주제를 꺼내니 부담스럽지는 않니? 하지만 이 주제는 누구나 스스로 생각해 보아야 할 근원적인 물음이지.

네가 지금 관통하고 있는 인생의 시기는 자아가 형성되는 청소년 시기야. 이 시기에는 '나는 무엇인가?' '앞으로 어떻게 살 것인가?' '앞으로 어떤 직업을 가질 것인가?' 등등 궁극적으로 '삶이란 무엇인가?'에 대해 생각을 하게 되지. 너도 아마 그럴 거야.

삶이란 태어나서 죽음에 이르는 동안 행동하고 겪고 일어나는 의미 있는 일 전체야. 네 삶은 어떤 일이 일어나느냐에 따라서가 아니라 일어나는 상황에 대해 어떤 태도를 보이느냐에 따라 결정되지. 한마디로 삶의 도전에 대해 응전을 어떻게 하느냐에 달려있다는 뜻이야.

인간은 모태라는 보호막을 벗어나 어머니와 연결된 탯줄이 끊어지는 순간부터 숨 쉬고 먹고 마시고 배설하고 병균과 싸우는 등 생존을 위한 사투를 벌이지. 영국의 역사학자 아놀드 토인비의 말처럼 '인간의 삶은 끝없는 도전과 응전의 삶'이야.

인생이란 올라가야 할 수많은 언덕과 산이 놓여 있어. 도전해 오는 것이 무엇이든, 장애가 무엇이든 간에 꿈을 이루기 위해 올라가야 해. 꿈의 실현은 처음에는 불가능해 보일 수 있지만, 그 꿈을 추구하며 노력하는 과정에서 서서히 구체화하여 다가올 거야.

가치 있는 일은 하루아침에 이루어지지 않아. 꿈을 실현하는 길은 오르막이므로 성급하게 가려 하지 말고 한 걸음 한 걸음씩 내딛어야 해. 그 한 발자국이 꿈의 실현으로 다가서게 하는 의지의 실행이야.

너는 '삶의 질'이란 말을 많이 들어보았을 거야. 삶의 질이란 삶에 대해 느끼는 긍정적인 정서와 주관적인 만족감으로 직접 체험해서 느끼는 감정이지.

네게 매일 용돈이 필요한 것과 같이 삶은 물질적 조건과 밀접하게 결부되어 있어. 물질적 풍요가 삶의 질을 측정하는 절대적인 기준이 될 수는 없지만, 물질적인 풍요가 삶의 질과 상관없다고 말할 수 없어. 의식주와 관련된 생활 조건이 안정되어야 더 높은 이상인 꿈을 추구할 수 있지 않겠어?

하지만 물질적 풍요가 곧 삶의 질과 정비례하는 것은 아니야.

물질이 풍족하면 윤택한 생활을 하겠지만 절제하지 않으면 방탕한 생활로 흐르고 말지. 지금 세상은 물질주의에 의해 당장 즐기고 보자는 식으로 탐욕과 쾌락에 물들어 있어. 물질 추구는 물신주의와 인간 소외를 낳았어.

너는 삶에 행복을 주는 진정한 삶의 질에 관심을 가져야 해. 이런 상황에서 네게 앨빈 토플러의 말을 빌려 좀 고상한 이야기를 하자면, 낡은 '소유 지향의 삶'에서 원대한 꿈을 추구하는 '존재 지향의 삶'으로 나아가야 해.

인생은 가진 것만으로, 먹는 것만으로는 만족하지 않아. 동물은 먹기 위해 살고 살기 위해 먹으면서 본능에 따라 살지만, 사람은 꿈을 추구하며 살아가지. 꿈을 추구한다는 것은 바로 인간인 네가 누릴 수 있는 특권이야. 꿈을 꾸고 품으면서 살아가야 해. 꿈은 실현될 가능성을 수반하는 사고 작용으로 노력하면 이룰 수 있어.

현실은 꿈의 터전으로 삶에서 꿈을 실현해야 해. 삶 속에서 솟아오르는 꿈의 새싹을 소중히 여겨서 가꾸고 키워야 해. 안주하지 않고 도전하면서 꿈을 실현해야 해.

꿈을 실현하는 과정에서 인생이란 양지쪽을 걷는가 하면, 때로는 음지쪽도 걸어야 하는 여행이라는 생각이 들 거야. 삶에는 양면성이 존재하면서 서로 반대되는 것들로 가득하지.

행복과 기쁨 뒤에는 불행과 슬픔이 있고, 이길 때가 있으면 질 때도 있고, 배부를 때가 있으면 배고플 때도 있고, 좋은 일과 마찬가지로 나쁜 일도 일어나고, 일어서는 횟수만큼이나 넘어지는 경우도 허다하지. 그렇게 살다가 종국에는 태어남이 있었듯이 반드시 죽음을 맞이하게 되는 거야. 너는 이와 같은 삶의 원리를 받아들이면서 열심히 살아가야 해.

삶을 살면서 모든 것이 늘 똑같기만 하다면 다양성도, 흥분도, 조화도 있을 턱이 없어. 하얀색을 상쇄시킬 검은색도 없고, 일출과 더불어 시작된 하루를 마감해 줄 일몰도 없고, 차가움을 물리칠 따뜻함도 없겠지. 삶을 여행하는 과정에서 일어나고 나타나는 각가지 일은 삶에 다양성을 불어넣어 주고 흥분하게 만들고 조화롭게 해 주는 것으로 생각해.

삶은 순간마다 펼쳐지는 연주야

지금 이 순간에 무엇을 생각하고 있니? 삶이란 순간순간이 만들어나가는 연주야. 순간순간의 시간 속에서 평화와 기쁨, 치유를 경험하며 하루하루를 의미 있게 만들어나가는 거지.

철학적으로 조금 어렵게 들릴지 모르겠는데, 시간은 순간들의 끝없는 연속으로 이루어진 것으로, 많은 순간이 있는 것은 아니며 오직 '지금 이 순간'만이 존재하는 거야. 삶은 언제나 '지금 이 순간'이며 삶 전체는 이 끝없는 '지금 이 순간'에서 펼쳐지고 연결되어 있어.

지금 이 순간으로부터 너 자신을 분리할 수 없어, 지금 이 순간만이 네게 주어진 유일한 시간으로 무언가를 할 수 있는 때야. 지금 이 순간 너는 무엇을 해야 하며 할 수 있니? 항상 깨어 있는 의식으로 너 자신의 모습을 자각하고, 무엇을 하겠다는 결심을 하고 올바르게 행동을 하는 것이 중요해.

네가 지금 이 순간 할 수 있고 해야 하는 일이면 지금 해. 내일로 미루지 마. 5분 뒤에 하려고 하지 마. 때가 무르익거나 조건이 모두 갖추어질 때를 기다려서 미루어서는 안 돼.

아이디어가 떠올랐다면 즉시 메모하고, 악상이 떠올랐다면 지금 바로 오선지에 그리고, 엄마에게 '사랑한다'는 문자를 보내거나 친구에게 "미안하다"고 말해야겠다고 마음먹었다면 바로 지금 해. 기회는 다시 오지 않을지 몰라.

지금 이 순간이 삶이 움직이고 있는 시간이야. 톨스토이가 말한 것처럼 세상에서 가장 중요한 시간은 '네게 주어진 지금 이 순간'이고, 세상에서 가장 중요한 사람은 '지금 너와 함께 있는 사람'이며, 세상에서 가장 중요한 일은 '네가 지금 하고 있는 일'이야.

지금 있는 자리에서의 이 순간이 최선을 다할 수 있는 자리이며 축복의 시간이야. 꿈을 이루기 위해서는 지금 있는 자리에서 이 순간 무언가를 해야만 해.

세상의 모든 희망은 언제나 지금부터 시작되지. 언제나 출발은 바로 '지금 이 순간'이야. 지금 이 순간의 생각이나 행동이 어떤 결과로 이어질지 몰라. '순간이 삶을 좌우한다'는 말을 절감하고 있을지 모르겠으나 정말 맞는 말이야. 순간의 생각과 행동이나 선택이 삶을 좌우할 수 있어.

순간적으로 떠오른 아이디어나 스친 악상으로 훌륭한 발명과 작곡을 하여 엄청나게 좋은 결과를 얻을 수 있어. 하지만 순간적인 졸음운전이나 말실수 행동 실수로 대형 사고를 일으키거나 씻을 수 없는 수치를 당해 삶의 나락으로 떨어지기도 하지.

그러니 순간이라는 찰나를 삶의 중심으로 삼아 신중하게 관리해야 해. 순간순간마다 해야 할 일은 해야 하고 하지 말아야 할 일은 하지 말아야겠지.

삶은 순간순간이 마무리이자 새로운 시작이야. 삶이란 끊임없이 새로워지는 것이지. 삶은 재방송이 없는 생방송으로 앙코르가 없으며 되돌이버튼이 없어. 삶의 순간순간이 지나가면 다시는 되돌릴 수 없는 거야.

현재, 과거, 미래 중에서 네가 살아갈 수 있는 시간이나 공간은 바로 지금 이 순간인 '현재' 밖에 없어. 그런데도 너는 과거를 그리워하면서 현재에 아무런 노력도 기울이지 않고 막연하게 내일은 잘 될 것이라고 꿈꾸고 있지는 않니?

과거의 어느 것도 바꿀 수는 없으므로 최선을 다해서 현재에 충실해야 해. 지난 일은 지난 일일 뿐이라고 훌훌 털어버리고 항상 새로운 마음으로 살아가야 해.

공부를 열심히 하지 않은 것이 후회된다면 지금부터 열심히 공부하면 되는 것이며, 친구와 싸웠다면 지금 화해를 청하고 잘 지내면 되는 거야.

톨스토이가 말한 것처럼
세상에서 가장 중요한 시간은 '네게 주어진 지금 이 순간' 이고,
세상에서 가장 중요한 사람은 '지금 너와 함께 있는 사람' 이며,
세상에서 가장 중요한 일은 '네가 지금 하고 있는 일' 이야.

그리고 미래에 대한 걱정도 마찬가지야. 상급학교 진학에 대해 걱정만 할 것이 아니라 합격하기 위해 지금부터 열심히 공부하면 되는 거야.

지나간 과거에 대한 회상에 발목을 잡히거나 아직 오지 않은 미래의 상상에 사로잡히지 마. 과거와 미래의 굴레에서 빠져나오는 길은 지금 이 순간 하는 일에 집중하는 거야.

공부할 때는 공부에, 식사할 때는 식사에, 친구를 만날 때는 그 만남에, 운동할 때는 운동에, 놀 때는 노는 것에, 책을 읽을 때에는 책의 내용에 집중해.

영어로 현재Present를 선물Present이라고 하지. 너는 '오늘 지금 이 순간'이라는 선물의 포장을 풀어야 해. 되돌릴 수 없는 순간들 앞에서 최선을 다해야 해. 바로 이것이 인생을 떳떳하게 하며 후회 없는 삶을 만드는 길이야. 그래야 꿈을 이룰 수 있어.

순간! 순간! 정말로 중요해. 지금 이 순간에 최선을 다해!

삶은 한 걸음씩 걸어가는 등산이야

너 등산 좋아하니? 삶은 한 번에 한 걸음씩 걸어가는 등산과도 같아. 한 걸음 한 걸음 걸어가며 삶의 목적인 꿈을 실현하고 행복감을 느끼는 것이지. 산에서 높은 계단을 오를 때는 계단의 끝이 아니라 발을 내딛는 눈앞의 한 계단에 초점을 맞추어야 해. 그리고 한 계단씩 발걸음을 옮겨 오르다 보면 부담을 느끼지 않고 어느새 계단의 끝에 도달하게 되지.

등산하다 보면 사람의 발걸음이 참 대단하다는 것을 알 거야. 출발하기 전에 산 정상을 쳐다보면 까마득하게 보이면서 '언제 저기까지 올라가지?' 하는 느낌이 들지만, 그 작은 한 걸음 한 걸음을 옮기다 보면 어느새 정상에 다다르게 되지.

지금 꿈을 이룬 사람도 단번에 그렇게 된 것이 아니라 처음에는 맨 아래에서 발을 디뎠어. 그리고 한 번에 한 계단씩 착실하게 올라갔지.

높은 산을 오르려면 낮은 언덕을 지나고 좁은 골짜기를 통과해야 하는 거야. 언덕이나 골짜기를 걷지 않고 봉우리에 도달할 순 없어. 이처럼 꿈을 향해 때로는 넓고 평탄한 길에서 성큼성큼 힘차게 내디딜 수 있고, 때로는 길이 너무 험해서 기어갈 수밖에 없는 경우도 있지만 한 걸음 한 걸음이 중요한 거야.

'천천히 가는 것을 걱정하지 말고 제자리 서 있는 것을 걱정하라'는 중국 속담이 있어. 보폭이 크든 작든 그 한 걸음 한 걸음이 목적지인 정상에 도달하게 하는 원동력이야. 그러니 꿈을 실현하기 위해서는 아무리 힘들더라도 위축되지 말고 계속 걸어야 해.

그 걸음의 보폭이 어느 정도가 되어야 하는지 어느 방향으로 가야 하는지의 규칙은 없어. 자신의 의지나 능력에 달린 것이지.

꾸준함을 이길 그 어떤 재주도 없어. 한 걸음 한 걸음이 모여 꿈을 이루게 하지. 피 끓는 너는 한달음에 꿈을 이루고자 하는 마음이 굴뚝같겠지만 그렇게 되지는 않아. 너무 급하게 서둘지 마. '천 리 길도 한 걸음부터'이듯이 꿈의 실현도 한 걸음씩 내디디면서 이루어나갈 수밖에 없어.

조금씩 오를수록 의지는 강해지게 되어 있어. 언젠가는 꿈을 실현할 것이라는 믿음이 있는 한, 속도는 그리 중요하지 않아. 계속 걷는 그 순간이 가고자 하는 지점에서 제일 가까우며, 묵묵히 걷다 보면 도달하는 순간을 맞게 되지.

꿈의 실현은 폭포처럼 갑자기 한꺼번에 오는 것이 아니라, 한 번에 한 방울씩 떨어지는 물방울이 모이는 것처럼 서서히 오는 거야. 떨어지는 물방울이 돌에 구멍을 내듯이 꿈을 실현할 수 있도록 꾸준한 노력을 기울여야겠지.

삶에서 어떤 힘한 시련이 덮칠지라도 그 속에서 내딛는 한 걸음이 삶을 지탱시키는 힘이야. 그 한 걸음 한 걸음이야말로 절망에 도전하는 희망의 불꽃이지. 네가 할 수 있는 것이라고는 그 마지막 한 걸음밖에 남아 있지 않다는 생각이 들지라도 한 걸음 더 나아가야 해.

걸음이 느려지는 것 같아도 포기하지 말고 묵묵히 계속 걸어야 해. 그 한 걸음이 고통에 겨워 더딜지라도, 조금이라도 나아가야 해.

TV에서 이런 장면을 보았어. 두 무리의 들소 떼들이 강가에서 만났는데 놀랍게도 어마어마한 두 행렬이 아무런 충돌도 없었지. 물을 마시기 위해 잠깐 멈추었다가 다시 계속 이동을 했어. 해가 질 때까지 두 무리의 들소는 여전히 제 길을 가고 있었지. 이처럼 삶의 비결은 들소처럼 묵묵히 제 길을 가는 거야.

힘들수록 속도가 중요한 것이 아니라 똑바로 방향을 정하고 나아가야 해. 방향을 잘 정하고 한 걸음 더 나아가야 하며, 때로는 보폭을 늘리도록 최선을 다해야겠지.

꿈의 실현을 위한 노력은 속도보다는 방향이 더 중요해. 방향을 잘 정하고 꾸준히 노력하면 이루어지게 되어있어. 방향이 잘 못되면 빠른 속도가 오히려 걸림돌이 되고 말아. 완전히 거꾸로 가게 하여 다시는 돌아올 수 없는 지경에 이르러 미아 신세가 되고 마는 거야.

삶의 방향을 올바르게 정하고 한 걸음 한 걸음 묵묵히 뚜벅뚜벅 걸어가야 해.

네 꿈이 네 미래야

요즈음 저녁 늦게 이성 친구에게 문자메시지를 보낼 때 '내 꿈 꿔^^'라는 문자를 보낸다더라. 하지만 내가 여기서 말하고자 하는 꿈은 자다가 꾸는 꿈이 아니고 네가 가지고 있는 포부나 이상, 간절한 소망을 말하는 거야.

누구나 삶을 살면서 이루고 싶은 꿈을 가지고 있어. 너도 가지고 있겠지? 어쩌면 인생이란 이루고 싶은 꿈을 향하여 노력하는 과정이라는 생각이 드는구나.

꿈은 인생의 밑그림으로 꿈을 꾸고 품고 노력하는 것은 매우 중요해. 꿈을 꾸지 않는 사람은 인생을 그저 그렇게 되는 대로 살아가는 사람이지. 꿈을 꾸는 것이 꿈을 실현하는 시작이야. 꿈을 꾸지 않고 그야말로 바람 부는 대로 그럭저럭 살아가겠다고 마음먹는다면 이는 의미 없는 인생이 되고 말 거야.

꿈을 꾸지 않으면 꿈 자체가 없으니 꿈의 실현은 고사하고 아예 꿈이 없는 인생이 되고 마는 거지. 꿈이 없는 사람은 살아 있어도 죽은 사람이나 마찬가지야.

바로 앞에 놓여 있는 상황이나 현실에 꿈이 좌우되어서는 안돼. 어떤 조건도 생각하지 말고 뭐든지 될 수 있고, 할 수 있고, 가질 수 있고, 이룰 수 있다고 여기고 꿈을 꿔 봐. 무엇이 가능한지를 따지지 말고 인생을 멀리 내다보면서 간절히 원하는 무엇인가가 바로 꿔야 할 꿈이야.

야망이 큰 너는 어떤 사람이 되어야겠다고 결심하고 있을 거야. 유명한 많은 사람의 말을 들어보면 감수성이 예민한 청소년 시절에 자신의 인생을 멀리 내다보고 꿈을 품고 목표를 결정하고 실행하여 이루어냈다고 하더라.

주어진 현실이나 환경에 주눅이 들어 꿈을 꾸는 것을 방해받지 마. 꿈을 품는 것은 자신만의 세계이며 누구도 간섭하거나 방해할 수 없어. 순수하고 호기심 많은 청소년 시절에 무한대의 꿈을 품지 않으면 앞으로 언제 원대한 꿈을 품어볼 수 있겠어? 나이를 먹을수록 점점 현실을 고려하여 꿈이 오그라드는 추세인데 말이야.

어떤 꿈이라도 좋으니 꿈을 꾸는 것을 주저하거나 두려워해서는 안 돼. 억누르지 말고 꿈을 꾸고 그 꿈을 펼칠 수 있도록 노력하면서 준비해야겠지.

앞으로 네 앞에는 꿈을 실현할 수 있는 무한한 가능성의 세계가 펼쳐져 있어. 자아가 왕성하게 형성되는 청소년 시절은 꿈을 꾸면서 앞으로 그 꿈을 실현하기 위해서 노력해야 하는 시기야.

꿈이 있으면 아무리 힘든 일이 있더라도 능히 견뎌 나갈 힘과 용기가 생기는 법이지. 과거에 무슨 일이 있었건, 현실 상황이 아무리 어렵더라고 미래를 향해 뚜벅뚜벅 준비를 해 나가야 해. 바로 꿈을 가지고 있는 자체가 미래로 향하고 미래를 바꾸는 힘이야.

꿈을 실현하기 위해서는 네가 지금 할 수 있는 최선의 노력을 기울여야 해. 그래야 그 노력의 결과로 꿈의 실현에 다가갈 수 있어.

꿈을 가지고만 있고 노력을 기울이지 않으면 아무 소용이 없어. 꿈은 머리로 생각하고 가슴으로 느끼는 것에서 출발하지만 거기서 머물지 말고 실행하면서 노력해야 이룰 수 있는 거야.

질풍노도의 청소년 시절에 방황할 수도 있지만 꿈을 꾸고 실현의 의지를 잃어버려선 안 돼. 꿈을 꾸고 실현의 의지를 가지고만 있다면 언젠가는 방황을 끝내고 꿈을 향해 나아가게 돼 있지. 하지만 자신의 꿈을 간절하게 실현하고 싶은 네게 방황할 틈이 어디 있겠어? 꿈을 향해 매진하기에도 바쁜데 말이야.

지금 눈앞에서 펼쳐지는 발명품과 업적은 위대한 사람이 이룬 꿈의 결실이야. 이런 상상조차 하기 힘들었던 결실을 보면, 이 세상에 불가능한 꿈은 없다는 생각이 들지 않니? 네가 꾸고 있는 꿈이 실현될 것을 믿고 열정과 노력으로 차근차근 준비해 나가길 바란다.

너는 어떤 꿈을 가지고 있니? 인생은 꾸는 꿈의 소산이야. 위대한 사람은 인생을 걸 수 있는 큰 꿈을 가지고 있고 평범한 사람은 평범한 꿈을 가지고 있어. 꿈이 크다고 해서 모두 가치가 있는 것은 아니지만, 너무 작은 꿈을 꾸면 피를 들끓게 하는 열정을 발휘하지 못하는 법이야.

네가 오늘 꾸는 꿈이 내일의 너 자신을 만들지. 요즈음 세상이 하도 불안정하다 보니 청소년 시절에 애초부터 그저 그런 삶, 안정만을 추구하는 삶을 살겠다는 경향이 심하다고 하더라.

꿈이 크다면 인생도 커지게 마련이야. 아름다운 꿈을 가지고 있다면 인생도 아름다워질 수 있어. 그러니 위대하면서도 삶에 향기가 나는 아름다운 사람이 되고 싶다면 위대하고 아름다운 꿈을 가져라.

꿈을 크게 가져. 큰 꿈을 품으면 크게 되지만 작은 꿈을 가지면 작은 것밖에 이루지 못해. 물론 상황에 따라 애초에 가지고 있었던 꿈보다 더 크게 실현되는 경우도 있지만, 그것은 그야말로 매우 예외적인 경우야.

꿈을 크게 가지면 안주하지 않고 꿈을 이루기 위해 지속적인 노력을 기울이지만, 꿈이 작으면 그 꿈을 쉽게 이루고 나서는 안주하여 더는 노력을 기울이지 않으니 발전이 되지 않고 정체하기 마련이지.

물론 애초에 꾸었던 꿈이 변화되기도 하고 꿈의 크기가 달라지기도 하는데 그것은 자연스러운 현상이야. 그것은 사회적 환경의 변화나 추세와 자신의 능력을 꿈에 맞추고 조절해 나가는 과정이라고 볼 수 있겠지.

무턱대고 꿈을 크게 가져서도 안 되겠지만 지나치게 사회 변화와 자신의 능력을 의식하여 꿈을 축소하지는 마.

야망에 불타는 너는 꾸는 꿈의 크기에 따라 인생의 크기가 결정됨을 명심하고 큰 꿈을 가지고 앞으로 나아갈 것을 굳게 믿는다.

싹수가 노란 사람이 아니라

너는 비전 있는 사람이라는 말을 들어 보았을 거야. 그 사람은 비전이 있다거나 그 기업은 비전이 있는 기업이라면서 사람이나 기업을 추켜세우지. 우리는 흔히 싹수가 노란 사람이라는 말도 많이 하는데 이는 비전이 없는 사람이라는 뜻이야.

너는 자신이 비전 있는 사람이라고 생각해? 창창하게 펼쳐나갈 미래의 너를 향해 어떤 비전을 가지고 있는지 스스로 물어보고 있니? 비전을 가지고 있다면 그 비전을 이루기 위해 지금 어떤 생각과 행동을 하고 있는 거니?

비전은 내다보이는 장래의 밝은 전망이나 이상, 꿈을 말하지. 미래에 대한 통찰력과 장기 목표를 갖는 것이야. 꿈을 실현하기 위해 당장 손해를 감수할 수 있는 용기와 끈기를 포괄하는 개념이야.

비전은 말 그대로 볼 수 있는 사람만이 가질 수 있는 특별한 것이야. 마이크로소프트의 성공 비결은 바로 비전이야. 남들이 대형 컴퓨터에 매달려 있을 때, 빌 게이츠는 개인용 컴퓨터PC가 주도

할 날을 미리 보고 힘을 한 군데로 결집해 나갔어. 바로 그것이 세계 최고의 기업이 된 원천이자 비결이지.

네가 꿈을 이루기 위해서는 미래를 내다보는 능력을 갖추고 당장 부닥친 일에 허우적거리지 말아야 해. 긴 시간의 수평선 위에서 필요한 의사결정과 행동을 해야겠지. 네가 미래지향적으로 산다는 것은 바로 비전의 실현을 위해 노력하는 삶이라는 뜻이야.

너는 무엇이든지 꿈꿀 수 있는 피 끓는 청소년이야. 너는 네 인생의 꿈을 이루어가는 예언자이지. 네가 꿈꾸는 비전이 가능할 것이라고 믿고 노력하면 눈앞에 펼쳐지는 현실이 될 수 있어. 하지만 네 삶이 좁은 범위로 제한되어 있다고 믿고 비전을 세우지 않는다면 삶을 좁게 제한시키며 살 수밖에 없겠지. 삶과 세상을 넓게 바라보면서 장기적인 시각으로 미래를 설계해.

앞으로 이루고자 하는 청사진을 그려 봐. 너 자신이 어떤 사람이고, 어떤 목표를 가지고 있으며, 앞으로 어떠한 사람이 되고자 하는가에 관한 명확한 비전 말이야. 그리고 새로운 마음가짐으로 비전을 실현하기 위한 노력을 차근차근 실천해.

비전이 삶을 이끌어. 비전을 세우면 잠재능력이 일깨워지면서 너를 이끌게 되지. 비전을 이루기 위해 열정을 불태우게 할 거야.

비전의 실현은 허황한 꿈이나 맹목적인 이상을 위해 요행을 기대하는 것이 아니야. 현실적으로 어려운 일이지만 희망을 버리지 않고 꿈을 키워가는 자세를 가져야 해. 공부를 좀 못한다거나, 가정형편이 어렵다거나 등등 지금 당장 현실적 상황만으로 판단하지 말고 끈을 놓지 말아야 해.

비전을 실현하기 위해서는 명확한 목표를 가져야 해. 비전을 가슴에 품고 있지 않으면 삶의 확실한 목표가 없게 되는 거지. 비전이 없으면 큰 인물은 고사하고 의미 없는 삶을 보내게 마련이야.

너는 지금 네가 가지고 있는 비전을 위해 어떤 준비와 실행을 하고 있니? 꿈을 포함한 비전은 이루기 위해 있는 거야. 주위에 보면 비전을 그냥 비전으로 끝내고 마는 사람들이 많이 있는데 그들은 마음만 먹고 행동을 하지 않고 요행을 바라는 사람이야.

비전은 행동으로 노력하는 자를 얼싸 안지. 비전이 이루어지려면 실행력과 결합하여야 해. 비전은 있고 실행력이 없는 사람은 몽상가이며, 실행력은 있으나 비전이 없는 사람은 맹목적 행동자에 불과하지.

비전을 실현하는 책임은 너 자신에게 달려있어. 비전의 실현은 하루아침에 이뤄지지 않아. 비전은 아무 생각 없이, 아무 준비 없이 그저 목만 내놓고 기다리는 사람에게 주어지는 것이 아니야.

네가 꿈을 이루기 위해서는
미래를 내다보는 능력을 갖추고
당장 부닥친 일에 허우적거리지 말아야 해.

실현은 간절히 바라고 희망하며 노력하는 사람에게 다가오는 것이지. 끈기와 인내를 가지고 노력하고 때로는 견디기 힘든 과정을 극복해야 이룰 수 있는 거야.

생생하게 상상하고, 간절하게 소망하고, 진정으로 믿고, 열정적으로 실천하면 반드시 이루어지게 되어있어. 원대한 비전을 세우고 드높은 이상과 희망을 향해 나아가길 바란다.

인생항로의 나침반

너는 꿈을 실현하기 위한 뚜렷한 목표를 가지고 있니? 네가 되고 싶거나, 하고 싶거나, 얻고 싶거나, 가지고 싶은 것 말이야. 목표를 가지고 있으면 네 미래에 대해 심사숙고하면서 노력을 기울이게 되지.

네 주변에 보면 다람쥐 쳇바퀴 도는 것과 같이 마지못해 매일 학교에 왔다 갔다 하는 학생이 있을 거야. 이런 학생은 목표를 정하고 이루기 위해 노력하지 않아. 어쩌면 아예 목표조차 없어. 그저 주어지는 상황에 따라 수동적으로 행동하는 의미 없는 생활을 하는 거지.

배가 떠날 때는 가야 할 항구가 있듯이 인생에서 무엇을 할 것인가를 정해야 하는 거야. 목표는 가는 방향을 잃지 않게 하는 삶의 나침반이지. 인생에서 목표라는 나침반이 없다면 아무 데도 갈 수 없어.

목표 없이 인생을 항해할 수는 없어. 목표가 있다면 네가 원하는 방향으로 나아가지. 하지만 목표가 없다면 나침반이 없는 배와 같아서, 나아가지 못하고 바람 부는 대로 이리저리 표류할 수밖에 없는 거야.

꿈을 실현하는 열쇠는 목표 설정이야. 목표가 무엇인지 명확하고 구체적으로 정해야 해. 목표를 설정해야 달성하려는 노력을 기울일 것 아니겠어? 목표가 없는데 달성이니 노력이니 하는 말은 괜한 쓸데없는 말장난이야.

목표를 설정하면 신비한 힘이 발휘되지. 명확한 목표가 있으면 목표를 달성하겠다는 불타는 의지가 생기면서 도전해야겠다는 마음이 충만해지는 거야. 그래야 재능이 일깨워지고 발휘되면서 꿈을 향한 큰 발걸음을 내딛게 되는 거지. 꿈을 실현하는 힘든 과정에서 참고 노력하게 하는 힘이 바로 목표 설정에서 생기는 거야.

목표는 네 능력보다 약간 높여서 설정하는 것이 좋아. 쉽게 도달할 수 있는 목표는 노력하지 않아도 달성할 수 있다는 느긋함으로 나태하게 만들지. 반면에 지나치게 높은 목표는 쉽게 지치게 하거나 "노력해도 안 될 텐데…" 하면서 포기하게 하지. 네 능력보다 약간 높은 목표를 설정하고 충분히 도달할 수 있겠구나 싶을 때에 목표를 다시 높이는 거야.

네가 장기적인 목표에 도달하는 길은 단기적인 목표를 하나하나 이루어내는 것이지. 요즈음 마라톤 열풍이 불고 있어. 취미로 마라톤을 시작한 사람이 마침내 42.195Km 전 구간을 완주하는 비결은 처음에는 5Km 다음에는 10Km 그다음에는 하프코스를 완주하고 마침내 전 구간에 도전하여 완주한다는 거야.

달성이 달성을 낳는다는 말이 있어. 하나의 목표를 달성하고 나면 더 높은 목표를 설정하게 되더라도 자신감이 생기지. 그러면서 장기 목표에 한발 한발 다가서게 되는 거야.

목표를 설정하면 달성을 위해 무엇을 해야 할 것인지를 정하는 계획을 세워야 해. 계획은 목표의 전체적인 구조와 틀이야. 목표를 향한 지도이자 지침서이며 설계도이지. 현재 있는 위치에서 목표로 올라가는 길을 연결하는 사다리와 같아.

예를 들어 네가 외교관이 되겠다는 꿈을 가지고 있다면 공인 외국어 시험 점수 목표를 정하고 청소년 시절부터 미리 학원에 다닌다든지, 인터넷 강의를 듣는다든지, 학습모임 참여를 한다든지, 구체적인 계획을 세워야겠지. 네가 아무런 계획도 세우지 않고 요행을 바라면서 목표가 달성되기를 기대해서는 안 돼.

계획은 목표로 가는 단계마다 구체적으로 세워야 해. 계획을 구체적으로 해야 실천도 구체적으로 되는 거야. 계획을 막연하게 해놓으면 실천하는 것도 느슨해지지. 구체적인 계획에 따라 실천하고 결과를 반성해야 해. 잘한 것은 더욱 열심히 하고 잘못한 것은 개선하도록 해야 발전이 이루어지지.

중도에 좌절하지 않고 힘차게 이루어나갈 수 있도록 '반드시 이룰 수 있다'는 믿음과 의지가 있어야 해. 강한 정신이 목표를 달성하는 지름길이야.

첫걸음을 내딛는 것이 중요해. 처음과 끝을 다 보려고 하지 말고 그냥 발을 내디뎌!

세상은 넓고 할 일은 정말 많아

누구나 한평생을 살면서 아동기, 청소년기, 청년기, 성년기, 중년기, 노년기를 맞이하지. 너는 지금 인생에서 폭풍 성장을 하는 청소년기를 관통하고 있어. 신체적으로나 심리적으로나 지적인 면에서나 성장을 거듭하지. 자아를 형성하면서 너 자신의 장래에 대한 생각을 본격적으로 시작하는 시기를 보내고 있는 거야.

너는 이 청소년 시기를 어떻게 보내고 있니? 사춘기를 거치는 질풍노도의 이 시기에, 때로는 방황하거나 학업에 흥미를 잃거나 괜히 분노를 터뜨리거나 신경질을 내어 친구나 가족과의 관계에서 갈등 현상을 빚기도 하지.

네가 이와 같은 상황을 겪는다면 인생의 과정에서의 자연스러운 현상으로 생각해. 하지만 바람직하지 않은 현상을 극복하지 않고 당연한 현상으로 치부하여 내버려두거나 반복한다면 자칫하면 청소년기를 그르칠 수 있어.

청소년인 네가 이 시기를 어떻게 보내는가는 정말 중요해. 청소년 시기의 생각과 행동이 사회 활동과 나아가 삶을 결정하기도 하지. '세 살 버릇 여든까지 간다'는 말이 있듯이, 지금 네가 가진 생각과 행동이 삶의 큰 방향을 결정할 수도 있는 거야. 물론 상황에 따라 바뀌기도 하겠지만 큰 줄기나 흐름은 좀체 바뀌지가 않아.

청소년 시절은 여러 가능성을 놓고 어떤 조건에도 구애받지 않고 순수한 마음으로 인생의 목표와 방향을 생각할 수 있는 시기야. 네 앞에는 무한한 가능성이 펼쳐져 있어.

아무것도 그려져 있지 않은 흰 도화지가 있다고 생각하고, 그 도화지에 네가 하고자 하는 것을 마음껏 그려 넣어봐. 순수한 마음으로 '나는 어떤 삶을 살고 싶다'는 꿈과 희망을 가져야 해.

지금의 너는 너와 같은 나이 때의 나보다 훨씬 총명하고 현명해. 주어진 여건과 상황도 꿈을 펼치기에 훨씬 좋아져 있어. 네게는 창조력이 있고 젊음이 있으며 약동하는 생명력으로 무장된 끈질김이 있기에 다양한 무대에서 네 꿈을 펼칠 수 있어. 지금 세상에는 너무나 다양한 직업이 많이 있고 국제화 시대로 상징되는 넓은 무대도 펼쳐져 있어.

지금의 네 눈에는 흔히 말하는 대표적인 직업만 보일지 모르겠지만 수많은 직업이 존재하고 있으며, 사회의 필요성에 따라 매일 매일 새로운 직업이 생겨나고 있어.

또한, 세계무대 진출에서도 네 눈에는 프로야구 · 축구 · 골프 선수와 한류 가수만 생각날지 모르겠지만, 수많은 대한민국 국민들이 유엔을 비롯한 국제기구, 일류 외국 대학, 병원, 실리콘밸리, 세계적인 오케스트라 등등 다양한 분야에서 자랑스러운 대한민국 국민으로서 꿈을 펼치고 있지.

예전 어떤 재벌 회장의 말처럼 세상은 넓고 할 일은 정말 많아. 그러니 세계를 무대로 글로벌 리더가 되겠다는 이상을 품고 꿈을 실현하기 위해 정진해야 해.

청소년 시절을 그냥 흘러가는 대로 놓아두는 것이 아니라 한결같은 불길을 지피면서 준비해야겠지. 끊임없이 노력하고 분발해야 네가 가진 재능이 꽃피울 수 있어. 노력이 부족하면 재능이 꽃피지 못하는 법이야. 집을 지을 때 기초가 튼튼해야 하듯이 인생이라는 집을 짓는 데 있어서 기초공사에 해당하는 청소년 시절을 단단하고 알차게 다져야겠지.

피 끓는 젊은 너는 매사에 기쁨과 열정으로 임해야 해. 항상 머리는 창의적이고 긍정적이며 미래지향적인 생각으로 채우고 유익한 일에 시간을 쓰고 현명하게 행동하는 것이 제일 나은 방법이야.

바른 뜻을 세운 다음에 꿈을 가슴에 품고 차근차근히 하나하나 준비를 해나갈 것을 굳게 믿고 있어. '영원히 살 것처럼 배우고 내일 죽을 것처럼 생활하라'는 말을 곰곰이 생각해 보기 바란다.

집을 지을 때 기초가 튼튼해야 하듯이
인생이라는 집을 짓는 데 있어서
기초공사에 해당하는 청소년 시절을
단단하고 알차게 다져야겠지.

너는 어떤 일을 하면서 살고 싶니

너는 지금 자아정체성이 왕성하게 형성되는 청소년이야. 이 시기에 너는 '앞으로 어떤 직업을 가질 것인가'를 구체적으로 생각하면서 준비에 임하겠지. 생각하고 있는 직업에 따라서 문과·이과를 선택할 것이며, 학원에도 다니는 등 구체적으로 준비해 나가고 있니?

외교관이 되고 싶다면 어학 공부에 힘쓸 것이고, 과학자가 되고 싶다면 수학이나 과학 공부에 힘쓸 것이고, 예술가나 연예인이 되고 싶다면 전공에 따른 학원에 다니면서 교습을 받을 것이고, 운동선수가 되고 싶다면 종목에 따른 훈련이나 연습을 열심히 해나가겠지.

세상에 직업은 너무나 많으며 시시각각 사회 변화에 따라 기존의 직업이 없어지고 새로운 직업이 생겨나지. 이처럼 선택할 수 있는 직업은 너무나 많으며, 그 직업도 세계를 무대로 활동을 펼쳐갈 수 있어.

네 인생은 네가 사는 거야. 부모나 선생님이 네 인생을 대신할 수 없어. 행복도 마찬가지야. 누구도 대신할 수 없어.

네가 하고 싶은 일을 하고 그 일을 잘할 때 행복을 느끼는 거야. 그렇다고 해서 무턱대고 미리 앞으로의 직업을 결정해서는 안 돼. 세상을 크게 보지 못하고 눈앞에 놓인 것만 보고 섣부르게 판단을 할 수 있고, 네가 좋아하고 잘할 수 있다고 생각하는 일이 실제와는 다를 수 있어. 더구나 직업 선택은 인생을 좌우하는 것이니 신중에 신중을 기해야 해. 그러니 앞으로 어떤 직업을 선택해야겠다고 마음을 먹을 때에는, 부모님이나 선생님 등 너보다 인생 경험이 많은 분들의 조언을 들으면서 깊이 생각해야 해.

직업을 선택하여 열정적으로 일하는 것은 누구에게나 인생의 축복이야. 네가 사회에 나가서 직업으로서 해야 하는 일은 네 꿈을 향한 발걸음을 떼도록 하는 원동력이기도 하지. 네가 직업을 선택하여 열정적으로 일하는 것은 삶에 진정한 의미를 부여하는 거야. 앞으로 네가 선택할 직업을 소중하게 생각하고 모든 능력을 발휘해 일해야 해.

그런데 말이야, 앞으로 네가 해야 할 일은 남들이 좋다고 하는 일이 아니라 네가 좋아하고 즐거워하는 일, 의미 있다고 생각되는 일, 잘할 수 있는 일을 해야 해. 네가 좋아하고 즐거워하는 일은 정말로 하고 싶어서 안달이 날 정도의 일이야. 꿈을 실현하는 의미 있는 일이기도 하지. 그래야 열정을 가지고 전력을 기울일 수 있지 않겠어? 전력을 기울여야 꿈을 실현할 수 있어.

좋아하는 일은 삶에 활력을 주고 의미를 부여하지만, 싫어하는 일은 삶의 의미를 고갈시켜 버리지. 창조의 힘도 솟아나게 할 수 없겠지. 네가 앞으로 선택할 직업으로서의 일을 진심으로 좋아하지 않는다면 열정을 발휘하기란 쉽지 않겠지. 그러므로 열정을 기울여 꿈을 실현할 수 있는 일을 해야 해.

그리고 아무리 하고 싶은 일이라고 하더라도 잘할 수 없다면 아무 소용이 없어. 취미로서의 일이 아니라 직업으로서의 일은 돈을 받고 하는 프로의 세계야. 프로의 세계는 어영부영할 수 없고 그리 해서도 안 되는 거지. 그러면 어떻게 해야 하겠어? 잘해야 하는 거야. 잘하는 정도가 아니라 탁월해야 하는 거야.

그러니 잘할 수 있는 일을 해야 해. 많은 사람이 타고난 능력을 내버려두어 재능을 살리지 못하고 있어. 탁월한 사람은 자신의 재능을 알고서 발휘하고 있지. 너 자신이 어떤 분야에서 능력을 발휘할 수 있는지 생각해 봐. 네 재능을 부각시킬 수 있고 발휘할 수 있어야 탁월한 성과를 올릴 수 있겠지.

네가 가지고 있는 실력과 재능에 비추어 할 수 있는 일이 무엇이며, 할 수 없는 일이 무엇인지를 발견할 수 있어야지. 잘할 수 있는 일을 알고 거기에 집중한다면 인생이 풍요로워질 거야. 특히 할 수 없는 일을 알아야만 행여나 그 직업을 선택하기 위한 헛된 노력을 기울이지 않게 되고 발목이 잡히지 않게 되겠지.

  지금 사회는 백화점식의 두루두루 적당히 잘하는 사람이 아니라 창의적이고 전문적인 인재가 필요해. "그 일만큼은 네가 최고"라는 소리를 들을 수 있을 정도로 능력을 인정받을 수 있는 분야의 직업을 선택해야겠지.

  꿈을 실현하는 사람은 재능과 열정을 쏟을 수 있는 직업을 가진 사람이야. 재능이란 하고 있는 일에 집중하는 결과야. 직업으로서의 일은 한 번 집중하고 마는 것이 아니라 지속해서 집중하여 성과를 올려야겠지. 그러려면 그 일을 좋아해야 하고, 잘할 수 있으면 자연히 집중은 이루어지겠지.

  꿈을 실현하는 사람은 자신이 인생을 걸 수 있는 직업을 찾아내고 그 일에 집중하여 성과를 내는 사람이야. 진정으로 좋아하면서 잘할 수 있는 직업을 염두에 두고 차근차근 준비해 나가기 바란다.

왜 뒷머리가 대머리인 줄 아니

책에서 그리스 시라쿠사 거리에 있다는 '기회의 신' 동상에 관한 내용을 읽었어. 동상은 앞머리 이마의 윗부분에만 머리가 돋아나 있고 뒷머리는 반들반들한 대머리이고 발에는 날개가 달린 이상하고 우스꽝스러운 모습이래. 동상 밑에는 이런 글이 쓰여 있다고 하는구나.

'앞머리가 무성한 이유는 사람들이 나를 보았을 때 쉽게 붙잡을 수 있도록 하기 위함이고 뒷머리가 대머리인 이유는 내가 지나가면 사람들이 다시는 붙잡지 못하도록 하기 위함이며 발에 날개가 달린 이유는 최대한 빨리 사라지기 위함이다. 그의 이름은 기회이다.'

이처럼 크고 작은 기회가 왔음에도 기회인 줄 인식하지 못하거나 망설이다가 그냥 보내고 나중에야 아쉬워하는 경우가 비일비재하지. 한 번 놓친 기회는 다시는 오지 않을 수 있으므로, 기회가 오면 이를 포착하고 어떻게 활용할 수 있을지에 심혈을 기울여야 해.

너에게는 네가 기회라고 생각할 만한 경우가 있었니? 청소년인 네게도 인생을 바꿀만한 기회는 아니라고 하더라도 지금 바로 네 앞에 기회가 놓여 있는지도 몰라. 청소년인 네게 있어서 경시대회나 방송국 장학퀴즈·예능 프로그램 출연, 운동 경기 입상, 길거리 캐스팅 등을 통해 인생의 전환기를 맞이하는 경우도 있을 수 있겠지.

인생에서 기회는 바로 앞에 놓여있어. 현재 네가 가지고 있는 재능과 공부, 예술 활동, 취미, 운동이 기회를 마련하는 기본적인 실마리이지.

그리고 중요한 것은 인간관계야. 아무리 실력이 있다고 하더라도 큰 기회를 잡는 것은 사람과의 관계에서 이루어지므로, 친구나 지인이 중요한 기회를 소개하고 마련하는 경우가 많아.

때로는 힘든 일, 실패나 불행의 모습으로 기회가 다가오기도 하지. 이런 어려움 속에는 이 어려움을 극복하는 크고 작은 소중한 기회가 숨겨져 있어. 당장에는 힘들고 어려운 일이 무슨 기회냐고 느끼겠지만, 이를 극복하고 나면 그것이 인생에서 큰 전환점의 기회가 된 경우가 허다하지.

"내게는 기회가 오지 않아"라는 말을 하지만 기회를 몰라보거나 저버리는 경우가 많아. 인생에서 기회가 적은 것이 아니야. 기회가 찾아오지만, 그것을 볼 줄 아는 눈을 가지고 있지 않아 기회인 줄도 모르고 지나쳐버리는 것이지.

내 경우에도 나중에 깨달았지만, 그 당시 그것이 기회인 줄을 뒤늦게 알고 후회한 적이 여러 번 있었어. 기회인지 판단하는 분별력이 없어서 기회를 놓쳐버린 거야. 지나간 과거는 잊어버려야 하는데 가끔 떠오를 때가 있어.

인생의 길목에서 기회는 네 앞에 풍부하게 놓이지만, 기회가 일어서서 지금 바로 이것이 기회라고 하면서 깃발을 흔드는 법은 없어. 누구나 인생을 살면서 좋은 기회를 잡기 위해 안간힘을 다하지. 기회를 잡기 위한 노력도 중요하지만, 기회가 왔을 때 기회라고 알고 잘 선용하는 것이 더 중요해. 기회는 열리고 닫히는 창문과 같아서 순식간에 닫혀버리기 일쑤야. 기회가 왔을 때 잡아야 해.

"인생에서 세 번의 기회가 주어진다"는 말을 많이 들었을 거야. 나이가 든 내가 지금에 와서 생각해 보니 인생의 시기 시기마다 크고 작은 몇 번의 기회는 누구에게나 주어지는 것 같아. 그러니 네가 지금 있는 위치에서 맞이하는 상황에서 어떤 것이 기회인지 통찰력을 발휘해야 할 거야.

주위에 꿈을 이룬 사람을 보면 재능 때문이기도 하지만 찾아온 기회를 잘 포착하여 선용했기 때문이야. 아무리 재능이 있더라도 기회를 선용하지 못했다면 그렇게 될 수 없었을 거야. 재능과 기회가 맞아떨어진 결과지.

기회는 행운과는 달라. 행운은 주어지는 것을 그냥 받으면 되지만, 기회는 왔을 때 노력을 해야 실현할 수 있는 거지.

'기회'를 뜻하는 영어 'opportunity'는 라틴어 '옵 포르투ob portu'에서 유래했어. 이 말은 항구 밖에서 밀물 때를 기다리고 있는 선박을 뜻하지. 만약 선원들이 밀물 때를 준비하고 있지 않으면 또다시 밀물 때를 기다려야겠지. 이처럼 너도 기회가 올 때를 대비하여 준비하고 있어야 기회가 왔을 때 선용할 수 있는 거야.

현대사회에서는 쉽고 빠르게 기회를 실현할 수 있어. 새로운 아이디어를 접했다면 빨리 시도하여 아이디어를 현실화시키는 것이 기회의 완성이야.

기회와 준비가 만나야 기회를 완성할 수 있어. 기회는 준비된 사람과 준비가 안 된 사람에게도 다가오지만, 준비가 안 된 사람에게는 기회가 오더라도 잡는 것이 불가능하지. 왜냐하면, 그 기회를 감당할 능력이 없기에 안타까움만 더해질 뿐이야. 그러므로 기회가 다가왔을 때 준비가 되어 있는 사람만이 기회를 선용할 수 있어.

기회에서 안타까운 것은 기회인 줄 알면서도 잘 활용하지 못하는 경우와 기회인 줄 알고 뛰어들었는데 기회가 아닌 경우이지. 어떤 상황이 닥쳤을 때 그것이 기회인지 아닌지 잘 판단해야 해.

기회가 다가왔을 때 준비가 되어 있는 사람만이
기회를 선용할 수 있어.

태어남과 죽음 사이에는 무엇이 있나

너는 '뭘 먹을까' '외출할 때 무슨 옷을 입을까?' '자습 시간에 무슨 공부를 할까?' '어느 참고서를 살까?' '어느 학원에 다닐까?' '어떤 스마트폰을 사고 어느 이동통신회사에 가입할까?' '누구를 친구로 사귈까?' '어느 동아리에 가입할까?' '어느 상급학교에 진학할까?' 등등 학창 시절인 청소년이지만 수많은 선택을 해야 할 거야.

앞으로 성장함에 따라 선택의 양은 훨씬 많아지고 다양해지지. '어떤 직업을 선택할까?' '누구와 결혼할까?' '자식을 몇 명 낳을까?' '자산운용을 어떻게 할까?' '집을 어디에 살까?' 등등 삶에 중대한 영향을 미치는 선택도 해야 할 거야.

알파벳에 B와 D 사이에는 C가 있듯이 인생도 B에서 시작하여 D로 끝나고 그 사이에 C가 있어. 즉 B는 Birth^{태어남}이고, D는 Death^{죽음}이며 그 사이의 C인 Choice^{선택}가 있는 거지.

인생은 늘 끊임없는 선택의 순간을 가지며 선택하는 대로 살아가는 거야. 마치 종이 위에 줄을 그어놓고 선택한 줄을 따라 내려가는 '사다리 게임'처럼 선택한 길이 삶을 이끌어가지. 결국에 삶은 주어진 상황에 따라 어떤 선택을 하고 어떻게 행동하는가에 달렸어.

앞으로 살아가면서 어떤 선택 하나 때문에 삶이 규정된다는 사실을 절감하게 될 거야. 너는 '그때 그런 선택을 했다면…' 하고 아쉬워하고 있지는 않니? 그러면서 문득문득 '그렇게 하지 않고 이렇게 했더라면…' 하는 후회가 들 때가 있을 거야.

좋은 씨앗이 좋은 열매를 맺듯이 현명한 선택이 행복한 삶을 만들지만, 빗나간 선택으로 후회하기도 하고 불행해지기도 해.

선택을 우연이나 흘러가는 대로 맡겨서는 안 돼. 선택은 네 몫이니 선택하는 능력을 키워야겠지. 선택의 능력은 대단히 중요해. 지식과 조심성만으로는 충분치 않으며 좋은 분별력과 올바른 판단이 필요하지.

현명한 선택을 위한 기본 전제는 모든 가능성을 열어놓고 개방적인 태도를 보이는 거야. 그리고 감정과 이성을 잘 조화시키고 선택하는 배경에 어떤 심리 작용이 자리 잡고 있는지 생각해야 해.

중요한 선택 사항에 대해서는 '선택을 했을 경우에 어떻게 될 것인가?' 하는 예측을 수반하여 불확실성을 최소화시켜야 해. 그러면 다양하고 융통성 있는 시각으로 바라보면서 현명한 선택을 할 수 있을 거야.

선택의 중요한 핵심은 무엇을 해야 할까를 결정하는 것보다, 하지 말아야 할 것을 제외하여 선택하지 않는 데 있어. '이런 선택을 하지 말았어야 하는데…' 하면서 후회하는 경우도 있을 거야.

'후회하지 않는 삶'을 살기 위해서는 '후회하지 않는 선택'을 해야 해. 하지만 만약 그런 선택을 했을 경우에는 되돌릴 수가 없으므로 후회하거나 한탄하지 말고 최선을 다하는 수밖에 다른 방도가 없는 거야.

인생이란 로버트 프루스트의 〈가지 않은 길〉이라는 시처럼 끝없이 갈라지는 두 갈래 길의 숲이야. 숲을 걷다 보면 두 갈래 길과 마주칠 수 있으며 그 중 한길을 택하면 나머지는 '가지 않은 길'이 되고 마는 거지.

인생의 여러 길 중에서 하나를 택했을 때, 다른 선택이 만들어 줄 결과에 대해선 알 수 없어. '택하지 않은 다른 길을 선택했을 때 어떤 인생이 되었을까?' 하는 아쉬움과 궁금증을 가질 수는 있겠지만, 아무 소용이 없으니 선택한 것에 대하여 최선을 다해야겠지.

인생은 선택하는 대로 사는 것이며 지금 무엇을 선택하느냐에 따라 삶의 방향이 갈리지. 인생의 향방은 아주 단순한 갈림길에서 갈라지며 크고 작은 선택들이 운명을 가르지.

현명한 선택으로 행복한 인생을 만들어야 해.

왜 사자와 가젤은 더 빨리 뛰려고 할까

너는 지금 성적이 좋기를 바라거나, 좋은 상급 학교에 진학하기를 바라거나, 학력경시대회에서 입상하기를 바라거나, 운동시합에서 우승하기를 바라거나, 오디션에서 입상하기를 바라는 등 다른 사람과의 경쟁에서 잘 되기를 바라고 있을지 모르겠어.

네가 학교에서 인성을 기르면서 열심히 공부하고 운동하고 학원에 다니는 것은 다른 사람보다 잘 되기 위한 노력을 기울이는 것이야. 어쩌면 학교생활은 온통 경쟁에서 잘 되기 위한 과정이라고 볼 수 있지.

앞으로 너는 성장할수록 경쟁해야 할 일들이 점점 늘어날 것이며 종류도 다양해질 것을 알게 될 거야. 네가 장차 사회생활에서 정점을 이룰 때 인생에서 경쟁할 일이 가장 많고 활발하지. 그러다가 나이가 들어 늙어가면서 경쟁은 점점 줄어들면서 죽음과 함께 경쟁은 끝나는 거지. 그러니 살아있는 동안 경쟁은 피할 수 없는 것이며 경쟁이 있다는 것 자체가 살아있다는 증거야.

삶의 현장은 치열한 경쟁이 펼쳐지는 무대야. 인생의 모든 과정에서는 경쟁이 벌어지고 있어. 삶은 경쟁에서 이기기 위한 과정의 연속인 거지.

인간이든 동물이든 삶에는 경쟁이 있어. 인간끼리의 경쟁 요소가 가장 많고 치열하고 동물의 경우는 대개 먹이를 위해 사투를 벌이지. 지금 이 순간, 아프리카 탄자니아 세렝게티 국립공원의 평원에서 가젤은 사자보다 더 빨리 달리지 않으면 잡혀 죽어. 반면에 사자는 가젤보다 더 빨리 달리지 않으면 굶어 죽지.

인간 세상에도 이와 비슷한 경주가 벌어지고 있어. 어쩌면 삶의 현장도 총과 칼만 없다뿐이지 치열한 전쟁터야. 지금도 네 부모님은 너를 뒷바라지하기 위해 삶의 현장에서 치열한 경쟁을 벌이고 있어.

인간 세상에서 재화는 한정되어 있어서 경쟁은 불가피한 현실이야. 만약 네게 경쟁이 필요 없다면 어떻게 하겠어? 아무런 노력을 기울이지 않아서 정체되고 말 거야.

경쟁이 있기 때문에 경쟁에서 이기기 위한 노력을 기울이는 가운데 발전이 이루어지는 거지. 그러므로 경쟁은 개인과 사회 발전의 원동력이며 견인차이기도 한 거야.

내가 삶의 현장이 전쟁터와 같다고 해서 인정사정 볼 것 없이 무조건 상대방을 짓밟고 이기는 곳이라는 뜻이 아니야. 공정한 경쟁의 규칙에 따라 정당한 방법으로 이기라는 뜻이지. 하지만 세상은 불공정 경쟁이 판을 치고 있어. 과정은 무시하고 결과만을 중시하는 경쟁은 막가파식 경쟁이야. 실력과 노력으로 무장하고 삶의 현장을 질주하면서 경쟁에서 정정당당하게 이기도록 해야겠지.

공정한 경쟁은 과정뿐만 아니라 능력의 차이를 고려하여 합리적으로 조정된 경쟁이야. 규칙이 없거나 규칙이 무너진 경쟁은 공정한 경쟁이 아니지. 그러니 경쟁자들이 결과를 합당하게 받아들일 수 있는 규칙이 작동돼야 하는 거야.

시험이나 운동 경기를 봐. 주어진 문제와 푸는 시간이 똑같이 주어져 있고, 경기에 참가하는 모든 선수에게 똑같은 경기 규칙이 적용되고 있잖아. 그러니 이와 같은 경쟁에서 이길 수 있도록 평소 실력을 갈고닦아야겠지.

인간은 사회적 동물로서 다른 인간과 함께 살아가야 하는 존재야. 경쟁은 '함께 추구한다'는 뜻을 내포하고 있어. 경쟁 과정에서 서로가 발전하는 거잖아? 이처럼 상대를 밟고 올라서는 게 아니라 안고 함께 올라가야 하는 거야.

경쟁의 궁극적인 목적은 개인의 행복과 사회 발전의 추구야. 그러니 경쟁을 통한 최선의 노력으로 너 자신의 꿈도 이루고 사회 발전에도 이바지하도록 해야겠지.

　너는 경쟁에 대해서 남과의 경쟁만 있는 것으로 여기겠지만, 자신과의 경쟁도 있어. 네가 어느 정도의 수준인지를 알고 네 실력과 잠재력을 최대한 올리기 위해 노력하는 너 자신과의 경쟁도 있는 거야.

　자기와의 경쟁은 자신의 과거와의 경쟁이지. 과거의 자신보다 나아지려는 사람은 내면의 거울에 비춰보고 반성하고 성찰하는 사람이야.

　삶에서 남과 경쟁하는 것은 불가피하지만, 자신의 역량을 최대한 발휘하기 위한 자신과의 경쟁을 치열하게 해야 해. 더 나은 경쟁력을 갖추어 나가면서 꿈을 향해 전진 또 전진~.

너는 급변하는 세상 한복판에 서 있어

너는 스마트폰을 편리하게 사용하고 있을 거야. 그런데 몇 달이 지나면 신제품이 나오다 보니 가지고 있는 스마트폰은 금방 구형이 되어버리고 말지. 스마트폰뿐만이 아니야. 녹음테이프, 필름 카메라, 타자기도 없어지고 CD, MP3, 디지털카메라, 컴퓨터 문서작성시스템이 개발되었지. 이 밖에도 수많은 제품이 없어지고 새로운 대체 상품이 개발되고 있어. 지금 유용하게 쓰이고 있는 것도 얼마 후면 쓸모없는 것이 되고 말 거야.

예전부터 지금까지도 "십 년이면 강산이 변한다"는 말을 하지만, 지금의 시점에서 정확히 보면 그냥 틀린 정도가 아니라 한참 틀린 말이야. 십 년이면 강산이 변하는 정도가 아니라 세상이 개벽하며 의식구조까지 변하는 시대야. 예전 십 년 동안의 변화가 불과 한두 달 사이에 벌어지고 있잖아.

너는 지금 급변하는 세상의 한복판에 서 있어. 변화에 민감하게 반응하고 적응력이 필요한 시대에 사는 거야. 기존의 직업이 없어지고 새로운 직업이 생기는 등 모든 분야에서 시시각각 변화의 물결이 일어나고 있어. 그야말로 시대 자체가 급변하고 있는 거야.

변화는 언젠가 멈추는 것이 아니라 네가 생각하는 것 이상으로 가속도가 붙어 더욱더 빨라지고 있지. 이런 변화 속도라면 네가 사회에 진출할 때의 세상을 상상해 봐. 이런 변화의 추세에 따라가지 못하면 뒤처지는 정도가 아니라 대열에 끼일 수조차 없어.

너는 《종의 기원》을 쓴 찰스 다윈에 대해 생물 수업 시간에 배웠을 거야. 그는 '적자생존適者生存'을 주장했는데 "살아남는 종은 강인한 종도 아니고, 지적 능력이 뛰어난 종도 아니며 변화에 가장 잘 대응하는 종이다"라고 했어. 즉 급변하는 현대사회에 비춰볼 때 우리 인간에게도 들어맞는 것 같아.

이렇게 급변하는 세상에서 기존의 방식 고수가 통할 수 있겠어? 당연히 통할 수 없으므로 스스로 변화를 받아들이고 끊임없이 변신과 혁신을 할 수밖에 없는 거야.

변화는 삶의 원리야. 모든 사물과 상황이 계속 변화하고 있어. 변화는 불가피하고 예측할 수 없으며, 멈추지 않고 그 속도는 가공할 정도로 빠르지. 지금 이 순간도 보지 못하는 곳, 느끼지 못하는 부분에서 변화는 끊임없이 일어나고 있어.

변화는 따라잡기가 무척 힘든 대상이야. 변화를 예측하고 미리 대응하기란 사실상 불가능해. 변화를 따라잡는다는 것은 그림자를 따라잡는 것과 같아. 그림자를 쫓아가는 만큼 그림자는 항상 앞서 가 버리므로, 그 그림자를 밟겠다고 쫓다 보면 지치고 마는 거지.

그러기에 닥치는 변화에 대하여 '변화가 오면 어쩌나?' 하고 '두려움'으로 받아들여서는 안 돼. 닥치는 변화에 대하여 "변화야 올 테면 와봐라. 같이 놀자" 하고 '설렘'으로 받아들여야 해. 네가 지금이나 앞으로나 변화를 두려워하고 상황을 현상 유지하려 한다면 발전은커녕 현상유지조차도 되지 않아.

발전은 직면하는 변화에 대처를 얼마나 잘하느냐에 달려있어. 열린 마음을 가지고 주변에서 일어나는 변화의 양상을 자세히 살피고 변화에 대처해야 해. 사고를 유연하게 해서 기존 방식이 아닌 새로운 방식 적용에도 과감한 자세를 취하면서, 변화의 거대한 파도를 즐겁게 타야 해. 변화에 적응하고 대응하기 위한 지식을 갖추어 자기발전의 계기로 삼아야 해.

변화하는 것도 중요하지만, 변화의 속도도 중요해. 변화의 속도에 맞춰 빨리 변화하지 않으면 그 변화는 이미 지나가 버려서 또다시 새로운 변화가 오면 따라갈 수가 없게 되는 거지. 변화의 속도에 신속하게 대처하기 위해서는 처한 상황을 새롭고 냉철한 시각으로 바라보고 분석하여 행동에 임해야 해.

하지만 속도보다 더 중요한 것은 방향이야. 아무리 발 빠르게 변화했다고 하더라도, 방향을 잘 잡고 제대로 된 변화여야지 엉뚱한 방향으로 변했으면 변화하지 않은 것보다 못할 수도 있어. 방향을 잘 잡아서 신속하게 제대로 변화해야 해.

지금까지 변화에 대해 강조했지만, 청소년인 너는 생활이 한정되어 있어서 변화에 대해 실감할 수 없을지 모르겠어. 하지만 앞으로 성장하면서 결정해야 할 일, 때로는 결단을 내려야 할 일에 대해 '세상은 변화한다. 변화하는 정도가 아니라 급변한다'는 것을 항상 염두에 두어야 해.

어느 대학 어느 과를 선택할 것인지, 어떤 직업을 가질 것인지, 네 꿈을 정하는 것까지도 '변화'를 판단의 기준으로 삼아야 할 거야. 왜냐하면, 지금 사회적으로 각광을 받는 직업이나 유행하는 것이 네가 사회에 진출할 때에는 뒤안길에 내몰릴 수도 있는 것이니까 말이야.

제**2**장

어떻게 꿈을
펼칠 것인가

'좋은 것'은 '위대한 것'의 적이야

요즈음 청소년들과 대화해 보면 굉장히 현실적이야. "앞으로 무엇이 되고 싶으냐"고 물으면 대단한 꿈이나 직업을 말하는 것이 아니고 안정적인 직업을 말하기 일쑤야. 물론 그것이 잘못되었다는 것은 아니야.

외환 위기, 미국에서 촉발된 금융 위기, 유럽에서 촉발된 재정 위기와 국내의 여러 불안정한 상황을 겪으면서 안정을 강조하는 사회 분위기와 부모님의 영향을 받았겠지. 소위 말해 굵고 짧게 살기보다는 가늘고 길게 사는 게 낫다는 것이지.

하지만 피 끓는 청소년 시절에는 당당한 패기로 큰 꿈을 향해 도전에 나서야지, 아예 주눅이 들어 스스로 꿈을 축소해 적당히 살아가겠다는 생각을 먹으면 나중에는 축소한 꿈마저도 실현되기 어려워질 거야. 꿈이 커야 그것을 이루기 위해 최선을 다할 것이고, 그래야 하다못해 그 꿈의 절반만이라고 이루어질 수 있을 거야.

너는 지금까지 나름의 위치에서 크고 작은 도전을 해왔고 지금도 하고 있을 거야. 좋은 상급학교에 진학하기 위해 성적을 몇 등으로 올리겠다든지, 태권도 유단자가 되겠다든지, 높은 산 정상에 오르겠다든지, 오디션 프로그램에서 입상하겠다든지, 발명품 경진대회나 경시대회에서 입상하겠다든지, 악기를 연주할 수 있도록 하겠다든지 등등 꿈을 실현하기 위한 과정으로 수많은 과제에 도전하고 있을 거야.

앞으로 성장할수록 더 많고 더 크고 더 중요하고 더 어려운 도전과제가 앞에 놓이게 될 거야. 인생은 끝없이 도전하는 모험의 과정이지. 한 단계에 이르면 다음 단계로 올라가기 위해 도전하는 것이 죽음에 이르기까지의 인생이야.

동물은 타고난 습성대로 살지만, 사람은 그렇지 않아. 도전을 통해 세상에 대한 시야를 넓히고 배우면서 성취를 통해 꿈을 실현해 나가는 존재야. 물론 안주 속에서 편안함을 느끼는 사람도 있지만 말이야.

물론 도전에는 위험이 도사리고 있어. 하지만 위험이 두려워 도전하지 않는다면 인간으로서의 의미 있는 삶을 회피하는 것과 마찬가지야. 도전을 두려워하면서 피하면 스스로 안주라는 틀 속에 갇혀서 진정한 꿈의 실현을 이룰 수 없게 되는 거지.

배를 만든 이유는 항구에 정박하기 위해서가 아니라 험난한 파도를 뚫고 항해하기 위해서야. 이처럼 인생을 항해하면서 위험을 감수하고 대해로 나아가야 해. 항구를 장식하는 배가 되지 말고 거친 파도를 헤쳐 나아가야겠지.

고인이 된 스티브 잡스는 평소 애플 사옥에 아래와 같은 문구를 써 놓았다고 하는구나.

'당신이 뭔가를 한다고 칩시다. 만약 상당히 좋은 결과가 나오면 그 단계와 수준에 만족하지 마십시오. 더 멋진 뭔가에 도전하십시오. 한 가지에만 너무 오래 머물러 있지 마십시오.'

꿈이 많고 창창한 너는 지금의 상태에 만족하지 말고 좀 더 나은 단계를 향하여 끝없이 도전해 나가야 해. 아무리 좋은 성적을 얻었다고 하더라도 좀 더 나은 성적에 도전해야 하며 태권도 유단자가 되었다면 더 높은 단계의 고단자가 되는데 도전해야 하며, 악기 연주도 좀 더 유려한 연주를 할 수 있도록 도전하는 등 지금 주어진 성과에 만족하거나 안주하지 말아야 해.

'좋은 것은 위대한 것의 적이다. Good is the enemy of Great.'라는 말이 있어. 안주에 머물러 있는 '편안하고 좋은 것'과 위험을 무릅쓰고 도전하여 얻을 수 있는 '위대한 것'은 정도의 차이가 아니라 질적으로 완전히 다른 거야. 그러니 '편안하고 좋은 것'에 머물지 말고

'위대한 것'을 향해 나아가야 해.

안주에서 벗어나 도전에 나서면 더 넓고 큰 세상을 바라보면서 배우고 성장할 수 있게 될 거야.

인간은 어느 정도의 단계에 이르면 만족하여 안주하려는 속성을 지니고 있지만, 안주에서 벗어나야 해. 왜냐하면, 삶을 살다 보면 위험이 도사리고 있는데 아무리 안주하려고 해도 위험은 오기 마련이야. 안주하면 아무런 발전 없이 더 큰 위험을 맞이할 수밖에 없기 때문이지.

위험을 감수하고 도전하는 것이 꿈을 이루는 첫걸음이므로 스스로 한계를 설정하고 너 자신을 억누르면서 살아갈 생각을 하지 마. 위험이 있는 곳에 기회가 있고, 기회가 있는 곳에 위험도 있어. 바람직한 도전을 할 기회가 눈앞에 나타나면 그 기회를 받아들이고 정면으로 승부를 겨뤄야 해.

도전이 항상 거창하고 위험천만한 시도를 뜻하지 않아. 도전의 연습은 간단한 것부터 시작할 수 있어. 네가 이전에 한 번도 경험해보지 못했던 것, 생각하기만 해도 약간 자극적인 기분을 느낄 수 있는 것들 말이야. 새로운 운동이나 취미 생활을 시작하는 것도 도전과제를 만드는 방법의 하나지.

스스로 한계를 설정하고 자신을 억누르면서 살아가서는 안 돼. 현실에 안주하지 않고 도전과제를 계속 찾고 만들어나가야 해. 도전과제가 있어야 '가슴 뛰는 삶'을 살 수 있어.

'가슴 뛰는 삶'을 살아야 해. 가슴 뛰는 삶은 쉽게 이룰 수 없는 그 무엇을 좇는 삶이야. 시도해 보고자 하는 일이 있다면 주저하거나 망설이지 말고 가슴이 시키는 일에 도전해 봐. 하지만 도전과 만용은 구분되어야 해. 진정한 도전자는 도전해야 할 일과 하지 말아야 할 일을 잘 알고 있어.

시도해 보고자 하는 일이 있다면
주저하거나 망설이지 말고
가슴이 시키는 일에 도전해 봐.

장벽을 뛰어넘는 구름판

　학생인 너는 공부에 자신감을 느끼고 있니? 지난 성적에 얽매여 전전긍긍하면서 공부에 자신감을 잃어버리고 있지는 않니? 만약 그렇다면 부정적인 행동과 감정이 반복되는 결과야. 성적이 잘 안 나오니까 기분이 나쁘고, 자신감도 떨어지고, 공부하는 시간이 줄어들고, 공부하기 더 싫어지고, 그러다가 공부를 포기하는 마음이 생기고, 그러니까 성적은 더 떨어지는 현상이 발생하는 거지.

　만약 이런 처지에 놓여있다면 이와 같은 행동과 생각을 되풀이하지 말아야 해. 우선 행동을 변화시키거나 감정을 변화시켜야 해. 행동적인 측면으로는 공부를 계획에 맞춰 자신에 맞는 속도로 시작하고 감정적으로는 그동안 실패 경험에서 비롯된 자신감의 부족이나 불안감을 없애야 해. 항상 "좋은 성적이 나오도록 열심히 할 수 있다"고 말하면서 자신감을 가져야겠지.

　'자신의 능력에 대해 확신하는 것'이 바로 자신감이야. 자신감을 기르기 위해서는 네가 할 수 있다고 확신하고 부담을 느끼지 않는 쉬운 일부터 시작하는 게 좋아. 영어 공부에 자신감을 길러야겠다고 마음먹었다면 매일 영어 단어 열 개를 외우는 작은 실천이 자신감의 실마리가 될 수 있어. 운동하기로 마음먹었다면 매일 방 안에서 아령 백 개를 드는 작은 실천이 자신감으로 연결될 수 있는 거야.

작은 실천을 이루면 자신에 대해 믿음이 강화되고 경험이 축적되어 큰 실천도 하게 되면서 자신감을 점점 쌓게 되는 거지. 네가 부담을 느끼지 않으면서 해낼 수 있는 일부터 시작해. 일단 실천을 이루어내면 다음 단계로, 그리고 또 다음 단계로 이동하는 거야. 그러면 그 과정에서 자연스럽게 자신감이 생기기 마련이지.

네가 보기에 실력을 충분히 갖추고 있는 친구에게 선생님이 경시대회에 도전해 보라고 했을 때 친구가 "자신 없습니다"라고 대답한다면 어떤 생각이 들겠니? 이렇게 말한다면 이는 마음속에 자리 잡은 패배의식 때문이야. 실제로 어렵기 때문이 아니라, 지레 겁을 먹은 나약한 심성 때문이겠지.

할 수 없다고 한계를 짓는 것은 외부 상황이 아니라 마음에서 기인하는 거야. 자신의 능력에 대해 확신이 없기 때문이지. 자신이 별로 똑똑하지 않고, 원하는 걸 얻을 만큼 재능도 없고, 창조성도 없다고 생각할지 모르지만 그런 생각은 대부분 아무런 근거도 없는 잘못된 생각이야.

스스로 한계를 지우는 고정관념에서 벗어나야 해. 그렇지 않으면 자신을 싸구려로 만들어 할 수 있는 것보다 훨씬 적은 것밖에 할 수 없는 사람으로 만들어 버리지.

자신의 능력으로는 할 수 있는 일이 있고 할 수 없는 일이 있어. 하지만 할 수 없다고 생각한 많은 것 중에 실은 마음만 먹으면 할 수 있는 일이 대부분이야. 왜냐하면, 지금 이 세상에서 상상하는 것은 다 만들어내는 판에, 의지와 자신감과 능력의 문제이지 할 수 없는 일이 어디에 있겠어?

꿈을 향한 진입 장벽을 뛰어넘는 시작은 장벽을 뛰어넘을 수 있는 구름판 하나를 준비하는 것이 급선무인데 이것이 바로 자신감이지.

자신감은 너를 용기 있는 사람으로 만들어 줄 거야. 물론 아무런 준비도 없는 상태에서 자신감이 형성되는 것은 아니지. 철저히 준비하고 계획해서 능력이 있어야 당당하게 자신감을 드러낼 수 있어.

자신감이 있는 사람과 없는 사람의 차이는 꿈이 실현되고 안 되고의 차이야. 꿈의 실현은 할 수 있다는 자신감과 해내고야 말겠다는 굳은 결심이 관건이야. 자신감을 갖지 못한 사람이 꿈을 실현한 경우는 거의 없어.

자신감은 절대 필요하지만 적절한 경계가 있어야 해. 자신감을 느끼고 자신의 능력을 믿으라고 해서 과대평가하는 것은 자만이야.

자만이 생기면 주의력이 떨어지면서 근거 없이 상황을 낙관하게 되지. 자신을 대단한 존재로 여기면서 노력을 기울이지 않으면 점점 퇴보하게 되는 거야. 만약 네가 실력이 조금 있다고 해서 자만하여 노력을 기울이지 않으면 꿈의 실현은 요원해지고 마는 것과 같은 이치야.

자신에게 철저하게 솔직해야 해. 자신에게 스스로 "내가 가지고 있는 재능과 능력은 무엇인가? 내가 가지고 있는 취약한 점이나 주된 단점은 무엇인가?" 하고 물어봐. 그리고 재능을 살릴 부분은 더욱 살리고 부족한 부분은 보완하여 자신감을 키워 나가면서 꿈을 실현해야겠지.

너는 늘 강력한 우군과 함께 걸어가라

너는 지금 상급학교 진학 시험 응시나 발명대회 · 경시대회 · 오디션대회 출전, 때로는 선생님에게 질문하기, 친구에게 돈 꾸기, 이성 친구에게 마음을 고백하는 소소한 일조차 용기가 필요한 경우가 많다는 것을 실감하고 있을 거야.

그리고 네가 만약 학교폭력을 당했다면 어떻게 할 거야? 보복이 두려워 혼자서 냉가슴만 앓으며 가만히 있을 거니? 아니면 용기를 발휘해서 부모님과 선생님에게 알리고 도움을 요청할 거니?

용감한 사람과 겁쟁이의 차이가 뭔지 아니? 용감한 사람은 두려움을 이기고 행동하는 사람이고 겁쟁이는 두려움 때문에 행동에 나서지 못하는 사람이야. 너는 어떤 부류에 해당한다고 생각하니?

용기는 말이 아니라 행동으로 보이는 것으로, 새로운 행동을 하는 것이야. 두려움은 모든 사람이 가지고 있어. 용기는 두려움이 없는 게 아니고, 공포를 모르는 게 아니야. 두려움을 극복하고 공포를 억누르면서 행동하는 것이지. 용기는 두려움을 떨치고 한 번 해보자는 마음으로 도전하는 것이야. 무엇보다 해내겠다는 의지가 중요하지.

용감한 사람은 두려움을 느끼면 정면으로 맞서지. 뭔가 자신을 두렵게 하는 것과 맞서고 돌진하면 두려움은 사라지고 말 거야. 실패나 거절을 두려워해서는 안 돼. 두려움을 떨쳐버리고 용기를 길러야 해.

인간은 양면을 지니고 있어. 삶을 살아가면서 맞이하는 여러 상황에 대하여 두려움을 느끼면서도 용감하게 맞서고자 하는 용기도 함께 자리하고 있지.

어려운 일을 시도하고자 할 때에 용기를 발휘하지 못하는 으뜸 요인은 실패하지 않을까 하는 두려움 때문이야. 그러면서 "내 능력으로는 안 될 것 같아" 하면서 각종 이유를 떠올리지. 이는 꿈을 이루는 데 필요한 노력을 기울이지 않고 그 에너지를 부정하는 데 쓰는 것이지.

만약 네가 가고자 하는 상급학교 진학 시험을 두려워한다면, 이는 네가 기울인 노력에 대하여 확신을 하지 않고 '행여나 낙방하지 않을까' 하는 노심초사에서 비롯되어 너 자신을 믿지 못하는 거야.

두려움을 극복하는 방법은 너 자신을 완전히 믿는 거야. 주저하지 말고 '나는 틀림없이 해낼 수 있다'는 확신에 찬 발걸음을 한 걸음 한 걸음 내디뎌야 해.

친구나 선생님 부모님에게 여러 종류의 부탁을 하면서 생활하고 있을 거야. 그리고 앞으로 점점 더 성장할수록 더욱 많은 사람에게 크고 작은 부탁을 할 일도 많아지지. 이럴 때 부탁을 주저주저하는 것은 '거절하지 않을까?' 하는 두려움 때문이야.

삶은 양면성을 지니고 있어. 살아가면서 맞이하는 여러 상황에 대하여 두려움을 느끼면서도 용감하게 맞서고자 하는 용기도 함께 자리하고 있어.

용기를 발휘하여 맞서거나 부탁한다고 해서 모든 일이 반드시 이루어지는 것은 아니지만, 실패나 거절의 두려움 때문에 애초부터 용기를 발휘하지 않는다면 어떤 일도 이룰 수 없어.

미국의 사상가 겸 시인이었던 랠프 월도 에머슨은 "두려워하는 일을 하라. 그러면 두려움은 반드시 없어진다"고 했어. 용기는 일종의 습관이야. 연습과 실천을 통해 길러질 수 있는 덕목이지. 용감하게 행동함으로써 용기를 키울 수 있어.

용감한 사람의 특질 중 한 가지는 두려움을 느낄 때마다 정면으로 맞서는 습관이지. 뭔가 자신을 두렵게 하는 것과 맞서고 돌진하면 두려움은 사라지지만, 두려움 앞에서 뒷걸음치면 두려움이 점점 커져서 삶 전체를 사로잡아 버리고 말지.

뭔가 자신을 두렵게 하는 것과 맞서고 돌진하면
두려움은 사라지지만, 두려움 앞에서 뒷걸음치면
두려움이 점점 커져서 삶 전체를 사로잡아 버리고 말지.

용기를 기르는 데 가장 좋은 방법은 꿈을 이루었을 때를 상상하는 거야. 네가 바라는 것을 더 깊이 생각할수록 더 크게 동기 부여가 될 거야. 꿈을 실현해야 할 이유를 더 많이 댈 수 있다면 용기가 용솟음칠 거야.

용기 있는 사람만이 가슴 뛰는 삶을 살 수 있어. 대단한 용기만이 아니라 일상에서도 용기를 발휘할 수 있어. 유혹에 맞설 수 있는 용기, 사실을 말할 수 있는 용기, 정직하게 살아가는 용기 등이지.

용기에 관하여 고인이 된 스티브 잡스가 말한 "언젠가 죽는다고 생각해보라. 무언가 잃을 것에 대해 두려움이 사라질 것이다. 그대가 진정 원하는 바를 따르지 않을 이유가 없다"를 떠올리며, 너는 늘 강력한 우군인 용기와 함께 걸어가라!

한결같은 불길로 타올라라

신문을 보고 있는데, 아래와 같이 대학교에서 광고한 카피가 눈에 들어와 읽어보니 마음에 와 닿았어.

'세상 모든 성공 원인은 그리 멀리 있지 않다. 미지근함이 아니라 간절함이 서려 있을 때, 해도 그만 안 해도 그만이라는 무덤덤함이 아니라 충분히 어떤 일에 미쳐 있을 때 운명은 반드시 당신의 손을 번쩍 들어줄 것입니다. 지금 당신은 어떤 것에 미쳐 있습니까? 미친 열정만이 세상에서 최고가 될 수 있습니다.'

여기서 '미쳐라'는 것은 정신병자가 되라는 것이 아니라 가슴에 불을 지르면서 의미 있는 일에 몰입하라는 뜻이야. 요즈음 같이 경쟁이 치열한 세상에 미칠 정도로 몰입하지 않으면 존재감은 없어. 일에 미친 사람만이 무한경쟁 시대에 살아남아. 미쳐야 아이디어가 나오고, 미쳐야 창조성이 발휘되고, 미쳐야 남과 다른 차이를 만들어낼 수 있어.

피카소는 그림에 미쳤기에 세계 최고의 화가가 될 수 있었고 빌게이츠는 컴퓨터에 미쳤기에 윈도우를 개발할 수 있었어. 어떤 위

대한 것도 미칠 정도의 열정 없이는 이루어지지 않아. 미친 열정
이 있어야 세상에서 최고가 될 수 있어.

열정은 인생이란 증기기관차를 움직이는 힘이야. 증기기관차는
물을 끓인 수증기로 움직이는데 엔진은 수증기가 발생하기 전에
는 1인치도 움직이지 않아. 열정이 없는 사람의 미지근한 물로는
인생이라는 증기기관차를 앞으로 나아가게 할 수 없어.

열정이란 '목표를 향해 육체적 · 정신적으로 열과 성을 다하는
것'이야. 열정은 하는 일에 큰 즐거움을 느끼고 그 일에서 어떤 목
표를 이루어야겠다는 각오가 섰을 때 분출하는 법이지.

너는 어떤 것에 미쳐있니? 나는 글을 쓸 때 미칠 정도로 몰두
해. 어떤 때는 글을 쓰다가 기진맥진하여 잠자리에 들면서 '이러
다가 자다가 무슨 일이 일어나면 어떡하나…' 하는 걱정스러운 마
음이 드는 경우도 있어.

오랫동안 햇빛을 보지 않고 노트북 앞에 앉아 글을 쓰다 보니
얼굴에 피부병이 걸렸어. 잘 낫지 않는 만성이라 때로는 얼굴이
울긋불긋하여 술을 마시고 덜 깬 사람으로 오해를 받기도 하지.

나는 하고자 하는 일을 할 때는 열정을 가지고 온 존재를 바쳐
야 한다는 생각을 하고 있어.

'약간의 열정'이라는 것은 없어. 열정적이거나 않거나 둘 중의 하나이지. 용암처럼 솟구치는 열정을 가지고 살아가야 해. 네가 열정을 가지고 있다면 어떤 어려움이 닥치든, 꿈을 현실로 만들어 나갈 거야.

열정은 난관을 뚫고 나가게 하고. 변화를 창조하고 변화를 주도하는 원동력이야. 유익한 재능과 고무적인 자신감, 희망을 북돋우고, 기쁘고 즐거운 마음으로 업무와 의무 수행을 도와주지.

열정을 유지하기란 힘든 일이야. 운동을 처음 시작하면 얼마 동안은 온몸이 쑤시고 힘들어. 하지만 그 고비만 넘기면 의식적인 노력 없이도 자연스럽게 받아들여지게 되지. 이와 마찬가지로 열정도 몸에 배면 자연스럽게 불태우게 되는 법이야.

변함없는 열정은 창조적인 힘을 가져다줄 거야. 열정에 의해 창조적인 힘이 절정을 이룰 때 네가 하는 일에 엄청난 강도의 에너지가 퍼부어지지. 그렇게 되면 너에게는 자신의 꿈을 향해 나아가고 있다는 느낌이 들게 될 거야.

열정은 창조의 에너지야. 네가 열정이라는 에너지를 마지막 한 방울까지 유용하게 사용한다면, 네가 이루고자 하는 꿈에 다가갈 수 있을 거야.

지금 피 끓는 네 앞에는 무한한 가능성이 펼쳐져 있어. '불가능'하다고 생각되던 일이 '가능'으로 바뀌는 모습을 너는 보고 있지 않니? 인간은 잠재력의 고작 5%밖에 활용하지 않아. 열정으로 네 잠재력을 끌어올리면 무엇이든 할 수 있고 이룰 수 있어.

열정은 꿈을 가진 사람을 도와주는 힘이야. 열정은 꿈의 용광로에 불을 지피는 기름으로, 꿈의 실현은 열정의 강도와 비례하지. 꿈을 실현하려면 열정의 힘이 필요해

피 끓는 청소년 시절에 공부든 네가 하고 싶어 하는 뭐든지 열정적으로 미치지 않으면 언제 미쳐 볼 수 있겠어? 네 가슴은 불타는 열정이 지펴져 뜨겁게 뛰어야 해. 열정의 불꽃을 당기고 강도를 높여 한결같은 불길로 타올라라!

돋보기로 종이를 태워본 적 있니

내가 어릴 때 많이 해보았는데 요즈음은 하도 재미있는 게임이 많아서 좀체 보기 힘든 모습인데, 돋보기로 햇빛을 모아 종이를 태우는 거야. 돋보기를 이리저리 움직이면 햇빛의 힘이 분산되어 아무런 영향력도 발휘하지 못하지만, 돋보기로 정확히 빛의 초점을 맞추면 에너지가 한데 모여 불을 일으켜 종이를 태우지. 종이를 태우는 힘은 집중에서 나오며, 레이저 광선처럼 더 강한 빛이 한 초점으로 모이면 강철도 뚫을 수 있어.

초점을 맞추고 유지하는 것이 에너지를 한군데로 결집하여 목표를 달성하게 하는 핵심이야. 아무리 능력을 갖추고 있다고 하더라도 초점을 한 곳에 집중하지 않으면 아무런 소용이 없어. 그러니 너는 매사에 '초점, 초점'을 속으로 되뇌면서 임해야 해.

너는 '집중'에 대하여 어떤 생각을 하고 있니? 하기 싫은 공부에 몰두하는 것만 떠올리지는 않니? 하지만 재미있는 영화나 콘서트, 게임의 즐거움에 흠뻑 빠진 적이 있다면, 그것을 떠올려 봐.

네가 재미있고 즐거워하는 일에 빠지면 자연스럽게 집중하게 된다는 사실을 깨닫게 될 거야.

유능한 배우가 되는 것은 자신이 맡은 연기를 고역으로 생각하지 않고 유희처럼 즐기기 때문이야. 이처럼 하는 일을 즐기면 자연스럽게 집중에 빠지면서 몰입이 되는 거야.

내가 고등학교 다닐 때 전국 수학 경시대회에서 우승을 차지했던 친구가 있었는데, 수학 천재로 통했어. 그 친구는 어려운 수학 문제를 푸는 것이 재미있고 즐겁다고 하더군. 아마도 고역이 아니라 즐거운 놀이로 생각하면서 몰입하여 풀다 보니 수학 천재가 된 거지.

네가 좋은 상급학교에 진학하고 그래야 사회에 나가 좋은 직장에 취직할 수 있다는 목표만을 가지고 공부를 한다면, 그 과정이 지겹고 힘들 수 있어. 그리고 공부를 잘하는 것이 부모에 대한 의무처럼 생각해서도 마찬가지야. 목표를 가지고 그 과정을 즐길 줄 알아야 집중과 몰입이 되면서 성과를 올리고 목표를 달성하게 되는 거지.

일할 때 마음을 집중할 수 없거나 집중시키지 않는 사람, 다른 것을 뇌리에서 쫓아내지 못하거나 쫓아내지 않는 사람은 일이 아닌 놀이에서도 마찬가지로 그렇게 하게 되어 있어. 이렇게 되면 일도 제대로 할 수 없고 놀이에서도 만족감을 얻지 못하지.

네가 무슨 일을 하든지 그 일을 할 때는 그 일에 집중해야 해. 공부할 때는 공부에, 일할 때는 일에, 운동할 때는 운동에, 연주할 때는 연주에, 식사할 때는 식사에, 친구를 만날 때는 만남에, 책을 읽을 때는 책의 내용에, 놀 때는 노는 것에 집중해야 해. 이런 자세로 매사에 임해야 네가 원하는 삶이 차근차근 이루어지면서 행복감을 느낄 수 있게 될 거야.

열 가지 일을 반쯤 하다 마는 것보다 한 가지 일을 철두철미하게 완수해야 해. 무슨 일을 하든지 오직 한 가지 일에만 집중해야지, 여러 가지 일을 생각하면 한 가지도 제대로 이루지 못하는 법이야.

수학 공부할 때는 수학 공부에만 매진해야지 수학 공부하면서 영어 공부 걱정을 해서는 안 돼. 공부할 때의 성과는 책상에 얼마나 오래 앉아 공부했는가가 아니라, 얼마나 집중해서 공부했는가가 중요해. 일의 성과는 얼마나 오랜 시간 했느냐가 아니라, 얼마나 에너지를 집중했느냐에 따라 달라지지.

집중하여 몰입할 때와 마지못해 일할 때의 효율과 성과의 차이는 매우 클 수밖에 없어. 주의를 분산시키지 않고 몰입하는 것은 높은 성과를 위한 핵심 요인이야.

공부든 뭐든 달성하려고 한다면 첫째도 둘째도 집중 또 집중해야 해. 집중하지 못할 일은 아예 손대지 말거나 집중할 수 있을 때로 미루고, 일단 집중하기로 결정한 후에는 그때에 전심전력을 쏟아 부어야겠지.

집중력은 강한 정신력에서 나오는 거야. 네가 세운 목표를 달성하기 위한 힘, 모든 시간과 에너지를 걸고 꿈의 실현을 위해 단 한 치의 곁눈도 팔지 않는 힘, 너는 바로 이와 같이 고집스러울 만큼 우직한 집중력을 발휘해야 해.

아무리 능력을 갖추고 있다고 하더라고
초점을 한 곳에 집중하지 않으면
아무런 소용이 없어.

실력이란 꾸준한 노력의 다른 이름이야

너는 네 꿈의 실현을 위해 어떤 노력을 기울이고 있니? 행여나 재능을 믿고 노력을 덜 기울이지는 않니?

네 주변에 있는 사람을 곰곰이 살펴보면 별 노력을 하지 않으면서 잘 되기를 바라는 사람이 있을 거야. 아무런 노력도 기울이지 않고 잘 되기를 바라는 것은 도둑놈 심보야. 감나무 밑에서 손만 벌리고 감이 떨어지기를 아무리 기다려봤자 감이 떨어지겠어?

공부를 예로 들면 아무리 머리가 좋아도 머리만을 믿고 수업 시간을 건성건성 보내고 아무런 노력을 기울이지 않는다면 성적이 좋게 나오지 않는 것은 당연한 거야.

꿈은 땀을 먹고 자라는데 땀은 절대 배신하지 않아. 꿈의 실현은 힘든 과정이지만 성취했을 때의 기쁨이란 이루 말할 수 없는 거야. 노력 없이 이루어지는 일은 없어. 모든 성취는 힘겨운 노력의 결과물이야. 노력의 결과로 얻어지는 성과의 기쁨을 통해서만 참된 행복을 누릴 수 있는 거지. 꿈을 실현하고 명성을 얻는 것은 저절로 이루어지지 않아.

너는 꿈을 이룬 위대한 인물을 바라볼 때 어떤 느낌이 드니? 재능이 있거나 운이 좋거나 배경 때문에 그렇게 되었다고 생각해? 만약 그렇게 생각한다면 꿈을 이루는 과정에서 흘린 땀과 눈물을 간과하는 거야. 속을 꼼꼼히 들여다보면 얼마나 많은 노력을 기울였는지 알 수 있을 거야. 지금은 웃고 있어서 편안하게 그 자리에 오른 것처럼 착각하기 쉽지만, 그 과정에 엄청난 노력을 쏟아 부었던 거야.

꿈을 실현한 운도 우연이 아닌 노력의 필연적인 결과야. 우연한 기회는 준비되어있는 사람에게만 찾아오는 거야. 노력하면서 준비하지 않으면 기회가 오더라도 그것을 활용할 수 없어. 노력의 절대량이 많아질수록 기회를 포착하고, 기회가 왔을 때 기회를 활용하는 능력이 높아지는 거지.

야구에서의 역전 만루 홈런도 아무나 칠 수 있는 것이 아니며 우연히 나오는 것도 아니야. 평소 훈련과 연습으로 기량을 갈고 닦지 않으면 나올 수 없어. 마찬가지로 꿈의 실현도 각고의 노력에 따른 결실이지.

노력도 계획적이고 효율적으로 해야 해. 유익한 일에 시간을 쓰고 필요 없는 행동을 하지 않아야겠지. 헛된 노력을 해서는 안 돼. 배에서 노를 젓는데 앞으로 나아갈 수 있도록 노를 저어야지 거꾸로 노를 저으면 안 되는 것처럼 방향을 잘 정해서 현명하게 창의적으로 노력하여 성과를 창출해야 해.

실력이란 꾸준한 노력의 다른 이름이야. 제프 콜빈의 《재능은 어떻게 단련되는가?》에는 '위대함을 낳는 매직 넘버, 1만 시간의 법칙'이 있어. 어느 분야에서든 전문가가 되려면 1만 시간의 연습이 필요하며 그 연습도 '신중하게 계획된 연습'을 해야 한다는 거야. 1만 시간은 대략 하루에 세 시간, 일주일에 스무 시간씩 10년간 연습한 것과 같아.

강하게 열망하는 분야에서 탁월한 기량을 발휘하기 위해서는 반복적인 노력이 필요하지만, 반복은 힘들고 재미가 없기에 지속하기란 쉽지 않아. 진정으로 인생을 걸겠다고 작정한 분야에 에너지를 집중하고 인내력을 발휘하면서 노력을 기울인다면, 언젠가는 탁월한 경지에 접어들게 될 거야.

인생을 살아가는 데 천재적인 재능이 필요한 것이 아니야. 천재적인 사람도 꿈을 실현하려면 부단한 노력이 있어야 해. 진정한 천재는 노력이라는 평범한 자질을 높이 사면서 창의적으로 노력하여 성과를 창출해내는 사람이야.

물을 끓이는 경우를 생각해봐. 섭씨 0도의 찬물을 주전자에 넣고 끓이면 100도가 넘어야 끓으면서 증기 에너지가 발생하지. 99도에서도 0도와 마찬가지로 에너지를 얻을 수 없어. 그 차이가 99도나 되는데도 말이야. 불과 1도만 넘어 100도가 되면 물이 끓으면서 에너지를 발생시키지.

　99까지 노력을 기울이고도 마지막 1을 더하지 못해 성취하지 못하는 어리석음을 범해서는 안 돼. 최선을 다했다고 싶을 때 한 발짝 더 나아가는 노력의 고삐를 당겨!

하지 않기 때문에 할 수 없는 거야

　나는 대학을 다니다가 중간에 군대에 가서 담배를 끊었어. 요즘은 담배에 대한 해악이 널리 알려지면서 금연 열풍이 불고 있지만, 내가 입대하기 전의 대학 시절에는 담배를 피우는 것이 일종의 멋이며 낭만으로 생각되었지. 담배 연기를 날리며 '도넛' 모양을 만드는 것이 유행이었는데 나도 그와 같은 흉내를 내고는 했지.

　입대하여 논산훈련소에서 6주간의 훈련을 받았어. 보급품으로 군인용 담배인 '화랑' 담배를 이틀에 한 갑씩 받았어. 훈련을 마치고 부대 배치를 받고 나니 부대원 인원수 기준으로 절반만 담배를 피우는 병사로 규정하여 담배를 지급하고 절반은 별사탕을 지급했지. 그러니까 담배를 피우는 병사가 훨씬 많아서 강제로 조정한 거야.

　나는 그때까지 담배를 피웠지만, 군대에 와서 담배 끊는 것 하나라도 실천해보고 싶었어. 자진하여 사탕을 먹는 쪽에 손을 들었고 그때부터 지금까지 담배를 피우지 않고 있어. 삶을 살면서 여러 가지 선택을 하고 결단을 하지만 담배를 끊은 것은 정말 잘한 일인 것 같아.

너도 담배는 배우지도 피우지도 마. 정말 몸에 안 좋은 백해무익이야.

요즈음 담배를 피우면 취직하는데도 지장이 있어. 기업의 입장에서는 비슷한 조건이면 담배 피우지 않는 사람을 뽑는 것은 당연한 일이지.

대개의 기업 건물이나 공공건물이 금연 구역으로 지정되어 있어 사회생활에 지장이 엄청나지. 이성 친구를 만날 때도 역겨운 담배 냄새 때문에 지장이 많아.

노르웨이 격언에 '좋은 계획에서 좋은 행동으로 가는 길처럼 먼 것은 아무것도 없다'는 말이 있어. 이탈리아 격언에도 '말과 행동 사이에는 바다가 있다'는 말도 있지.

인생에서의 먼 여행은 머리에서 가슴까지의 여행이야. 머리로 이해할 수 있어도 가슴으로 절실히 느끼기는 힘들다는 뜻이지.

이보다 더 먼 여행이 있어. 머리에서 발까지의 여행이야. 머리로 생각하고 가슴으로 느꼈지만, 발로 행동하기는 어렵다는 뜻이지.

이처럼 마음을 먹었는데도 실행에 옮기지 않으면 아무것도 얻을 수 없는 것은 당연한 이치 아니겠어? 아무리 좋은 생각이나 아이디어나 결심이든 실행하지 않으면 어떤 결과도 얻을 수 없어. 실행이 결과를 만들지. 결심만 하지 말고 실천해야 해. 탁월한 성과를 내는 기본적인 자질은 실행에 옮기는 능력이야.

사람이 살아간다는 것은 행동하는 것이야. 사람이 살면서 행동하지 않고 가만히 누워있기만 하는 상황을 상상해 봐. 이건 제대로 된 사람이 사는 모습이 아니야. 행동하지 않는 삶은 진정한 삶이 아니지. 꿈의 실현은 행동주의자의 것이니 꿈에 다가갈 수 있도록 행동해야 해.
꿈을 이루는 사람과 이루지 못하는 사람의 차이는 바로 행동력의 차이야. 꿈을 이루는 사람은 결심한 것을 행동으로 실천하는데 그것도 적극적으로 하지.

네 미래는 현재에 하는 행동에 달려있어. 꿈을 꿀뿐만 아니라 행동으로 옮겨야 해. 무엇이 되고 싶다는 생각이 그렇게 될 수 있도록 행동으로 실천해야 하는 거야.
뿌린 대로 거두고, 뿌린 게 없으면 거둘 것이 없는 것은 당연하지. 아무런 행동으로 실천하지 않았는데 결과가 나올 리 만무하지 않겠어? 꿈을 향해 실행에 옮기지 않으면 그냥 꿈으로 끝나고 마는 거야.

　모든 일에 있어 가장 간결한 대답은 바로 행동이야. 말은 쉬워. 생각도 쉬워. 행동이 뒤따르지 않는 생각만으로는 아무 소용이 없어. 행동해야 진정한 힘이 나오는 거야. 무언가 '되기' 위해서는 무언가를 '해야'만 해. 나중에 하지 않은 것을 후회할 것이 아니라 지금 해야겠지.

　꿈의 실현은 행동하는 자의 몫임을 명심해. 나중에 '청소년 시절에 그 일을 실천에 옮겼더라면' 하는 후회가 되지 않도록 자신감을 가지고 확신을 하고 실행에 옮기면서 매진해야 해.

　행동하면 할수록 행동하기가 쉬워지는 법이니 꿈을 실현하기 위해서는 계속 행동해야 해. 다만 무조건이 아니라 치밀한 계획으로 말이야.

　지금 네가 생활하는 방식을 바꾸어야겠다고 마음먹었다면 두 가지 방법이 있어. 먼저 생각을 바꾸고 거기에 따라서 행동을 바꾸거나, 생각이 바뀌도록 행동을 먼저 바꾸는 거야.

　생각을 먼저 바꾸고 행동이 뒤따르게 하면 좋겠지만, 시간이 오래 걸리므로 행동을 먼저 바꾸는 것이 빠를 수 있어. 마치 차를 움직이면서 핸들을 돌리는 것이 정지된 차의 핸들을 돌리는 것보다 훨씬 쉬운 것처럼 말이야.

생각이 행동을 바꾸고, 행동이 습관을 바꾸고, 습관이 운명을 바꾼다는 말을 들어보았을 거야. 하지만 때에 따라서는 행동이 습관과 생각을 바꿀 수도 있어. 꿈을 이루기 위해 생활방식을 변화시키고 싶다면 지금 당장 행동을 먼저 바꿔봐.

피 끓는 젊은 너는 미주알고주알 말을 앞세우지 말고 행동으로 실천해!

머리로 생각하고 가슴으로 느꼈지만,
발로 행동하기는 어렵다는 뜻이지.

될 때까지, 할 때까지, 이룰 때까지

세상을 떠난 스티브 잡스는 생전에 "Stay hungry, Stay foolish" 를 강조했어. 이 말에는 끊임없이 갈망하고 끊임없이 우직스러움 을 유지해야만 목적을 달성할 수 있다는 그의 인생관이 담겨있지. 그는 수많은 힘든 과정을 거치면서도 'Stay'라는 끈질긴 투혼이 있 었기에 세계적인 창조자로 우뚝 설 수 있었어.

네가 공부를 하면서 "이 과목은 재미가 없어. 아무리 노력해도 결과가 안 좋아. 재미가 없어서 이제는 하기 싫어"라고 한다면 이 는 "나는 끈기가 부족한 사람입니다"는 선언과 마찬가지야.

꼭 해야 할 일을 재미가 없거나 어렵다고 포기하지 말고 끈기를 가지고 꾸준히 노력해야 꿈을 이룰 수 있어. 팔씨름에서 이기는 사람은 힘이 센 사람이 아니라 끈질기게 끝까지 버티는 사람이야.

세상을 살아가다 보면 지금보다도 훨씬 더 많은 재미없고 힘들 고 어려운 일이 기다리고 있을 거야. 인간 정신의 위대한 승리는 이러한 장애를 헤쳐나가는 데 있어. 끈기는 어려운 일을 수행하게 하며 장애를 헤쳐나가게 하지.

해야 할 일을 끈기를 가지고 끝까지 노력한다면 꿈의 실현이 눈앞에 다가올 거야. 중도에 포기할 수밖에 없다고 생각되는 힘든 상황이라도 조금만 더 버텨야 해. 마지막이라고 느껴질 때 끈기를 발휘해야 해. '될 때까지, 할 때까지, 이룰 때까지' 끈기를 가지고 매달리고 버텨!

피 끓는 젊은 너는 빨리 어른이 되어 한달음에 네가 원하는 위치에 도달하고 싶겠지. 하지만 인생이란 시기마다 해야 할 일이 있고 이루어지는 일이 있어. 그러니 지금 현재에 주어진 일에 한 걸음 한 걸음 최선을 다하면서 묵묵히 정진해야 해.

수확하려면 씨를 심고 가꾸면서 기다려야 하듯이, 산다는 건 기다리고 견디는 일이지. 반쯤 핀 꽃봉오리를 억지로 피우려고 화덕을 들이대고 손으로 벌려도 소용이 없어. 때를 기다려야 마침내 활짝 핀 꽃을 볼 수 있지 않니? 꽃이 저마다 피는 계절이 있듯이 네가 활짝 피는 때가 있다고 생각하고 너무 조급해하지 마.

앞으로 살면서 더욱 느끼겠지만, 인생은 기다리고 기다리는 일이야. 인생에는 그 시기마다 때가 있어. 네가 어릴 적에는 그 나이와 시기에 맞는 일이 일어나고 지금 청소년 시절인 너에게는 이 시기에 맞는 일이 벌어지며 성장함에 따라 그 시기에 맞는 일들이 벌어지겠지.

기다림의 순리를 따라야 해. 기다림 속에 전부가 있을 수 있기에 기다릴 줄 알아야 하는 거야. 한창 활발하게 활동하는 시기인 네게 이런 말을 해서 이상하게 생각할지 모르겠는데 앞으로 어떤 경우에는 기다리는 것이야말로 가장 큰 행동일 수 있는 경우도 있을 거야.

예를 들어 상급 학교 진학 시험에 실패하여 재수할 때에 이는 긴 인생의 여정에서 짧은 기다림의 기간이야. 원하지 않는 상급 학교에 진학할 것이 아니라 기다림 속에서 네가 원하는 학교에 진학하기 위한 절치부심의 기간이지.

기다려야 할 때는 성급함에 밀리지 않고 충분히 기다려야 하는 거야. 기다림의 시간을 겪어본 사람은 그것이 고통의 시간이며 동시에 회복의 시간이었음을 느낄 수 있어. 기다림은 외롭고 힘든 과정이지만 그 기다림 속에 희망이 있기 때문이지. 준비하고 노력하면서 기다릴 줄 아는 것은 삶의 비결이야.

성과란 눈에 띄게 나타나는 것이 아니야. 꿈의 실현은 단번에 성취할 수 있는 일이 아니라 천천히 진행되는 거야. 최상의 노력을 기울이면서 기다리는 마음과 힘이 꿈을 실현하게 하는 거지.

열심히 일하는데도 발전을 느낄 수 없거나 더디다고 하더라도 초조해 하거나 조급해하지 마. 성장은 포물선과 같은 상승곡선이 아니라 불규칙한 계단식으로 나타나지. 어느 순간까지는 발전이 더디고 힘든 과정을 거치지만, 이 단계를 거치고 이겨내면 급격하게 성장하는 너 자신을 발견하게 될 거야.

이처럼 삶의 비결은 들소처럼 묵묵히 끈기 있게 버티면서 제 길을 가는 거야. 인생에서 최종 승리자는 강한 사람이 아니라 끝까지 버티는 사람이야. 걸음이 느려지는 것 같아도 포기하지 말고 묵묵히 계속 걸어야 해. 얼마나 남았는지 알 수 없더라도, 계속 걷는 그 순간에 목표 지점에서 제일 가까운 지점을 통과하는 거지. 묵묵히 걷다 보면 꿈의 실현에 도달하는 순간을 맞이하게 되는 거야.

꿀벌이 되지 말고 게릴라가 되어라

아마도 너는 스마트폰을 사용하면서 '참 희한하다. 이렇게 편리하고 유용한 물건이 있다니…' 하면서 마음속으로 놀라움을 금치 못했을 거야. 더구나 수시로 신제품과 프로그램이 개발되고 출시되면 새삼 더 놀라워하겠지.

이 스마트폰은 창의성으로 똘똘 무장한 스티브 잡스가 없었다면 이렇게 빨리 발명될 수 없었을지 몰라. 세계적인 IT 천재 스티브 잡스는 세상을 떠났지만, 한 사람의 창조성 발휘가 세계 문명과 인류 사회에 얼마나 큰 영향을 미치는지 느끼고 있겠지.

현재 네가 누리고 있는 모든 문명은 상상의 산물이야. 상상만 할 수 있으면 창의성을 발휘하여 그 상상을 실현하는 것이 가능한 시대야. 상상하는 것은 무엇이든 만들 수 있고 할 수 있지.

자동차, 선박, 비행기, 첨단무기, 인공위성 등 대단한 발명들도 처음 그 씨앗은 작은 공상에서 비롯되었어. 하지만 이런 작은 공상이 상상으로 발전하여 실현됨으로써 인류의 삶을 획기적으로 변화시키고 있는 거지. 상상하는 것 자체가 바로 창조일 수 있어. 어제의 불가능이 오늘의 현실로써 네 눈앞에 펼쳐지고 있지 않니?

피 끓는 청소년 시절에 공상과 상상과 환상을 하지 않으면 언제 할 수 있겠어? 마음껏 공상과 상상과 환상의 나래를 펴 봐. 아마도 나이가 들게 되면서 공상과 상상을 하는 것이 점점 줄어들 거야.

현실에 비추어 합리적인 것, 달성 가능한 것만 생각하지 말고 불가능해 보이는 공상과 상상을 해보라는 거지. 아마도 지금은 불가능해 보일지 몰라도 언젠가는 현실이 될 수 있어.

너도 잘 알 거야. 굳이 제목을 말하지 않더라도 판타지 소설이나 영화가 얼마나 폭발적인 인기를 끌고 있는지 말이야. 이처럼 공상이나 환상이나 상상은 그 자체로 끝나는 것이 아니라 얼마든지 부가가치를 창출할 수 있어. 그러니 공상과 상상하는 것이 바로 창의성을 발휘하는 것이지.

요즈음 네 또래의 청소년들이 각종 발명 대회에서 두각을 나타내고 있어. 심지어 정교한 컴퓨터 프로그램과 앱을 개발하고 로봇까지 발명하는 학생이 있더라. 창조적인 발명 하나가 어마어마한 부가가치를 창출하지.

창의성 발휘가 대단한 발명이라고 생각하지 말고 과학 분야에만 있는 것으로도 생각하지 마. 제품으로서의 발명품도 있지만, 소프트웨어, 영화, 음악, 미술, 소설뿐만 아니라 운동, 요리, 미용 등 모든 분야에서 창의성을 발휘할 수 있어.

세계인들을 사로잡았던 《해리포터 시리즈》의 작가 조앤 롤링은 어릴 때부터 공상과 상상하는 것을 좋아했다고 해. 상상력을 발휘한 판타지 소설로 전 세계를 사로잡아 명성과 함께 막대한 돈을 벌었어. 싸이도 마찬가지야. 〈강남스타일〉로 일약 세계적인 가수가 되었지.

때로는 '무엇을 만들어야 하는가? 무엇을 개선해야 하는가?'를 상상하는 것만으로도 창의성이 될 수 있어. 현재 되어 있거나 하고 있는 일을 좀 더 나은 방향으로 바꾸어 보는 것도 창의성이지.

현대사회는 창의성이 주목받는 시대로 '창의적인 괴짜'가 인재야. 게리 해멀은 《꿀벌과 게릴라 원제 Leading the Revolution》에서 "착실하게 주어진 일만 열심히 수행하는 꿀벌과 같은 20세기의 사고방식에서 탈피해, 창의력과 상상력으로 무장한 행동가이자 혁명가인 게릴라가 되라"고 강조하고 있어. 지식이 많거나 묵묵히 주어진 일만 하는 꿀벌 같은 사람이 아니라 '창의적인 괴짜'인 게릴라가 두각을 나타내고 인정을 받는 시대라는 거지.

명품 가방은 왜 일반 가방보다 엄청나게 비싸다고 생각하니?

물건을 넣고 들고 다니는 기능에는 아무런 차이가 없는데도 말이야. 그 이유는 창의적인 디자인이 있기 때문이지.

사람의 경우도 마찬가지야. 만약 너만의 '다름'을 가지고 있다면 높은 가치를 가지고 대우를 받을 수 있어. 창의성을 지닌 연구 분야 종사자들, 예술인, 운동선수 등 모든 분야에서 자신만이 가지고 있는 창의성, 독창성을 발휘하여 꿈을 이룬 인생을 보고 있지 않니?

너는 앞으로 무슨 일을 하든지 창의성이 최고의 경쟁력임을 명심해. 독보적인 존재가 되어야 해. 세상 사람들이 모두 옳다고 하는 것이 언제나 옳은 것은 아니며, 남들이 모두 가는 길이 언제나 바람직한 길은 아니야.

창의성은 대중과 다른 길을 걷는 '반동의 축복'이야. 남들이 하지 않고 가지 않은 길에 처음 도전하는 것은 무모해 보이지만 처음부터 무모해 보이지 않는 일에는 커다란 창조가 없어. 과감하게 나만의 길을 가야만 위대한 창조를 잉태하면서 진정으로 빛나는 인생을 살아갈 수 있어.

창의성은 근육처럼 창조적인 생각을 많이 할수록 더욱더 길러지지. 창의성을 기르기 위해서는 평소에 고정관념 깨기, 호기심, 상상력, 역발상이 필요해.

창의적인 사람이 되려면 사물을 바라볼 때 고정관념을 뛰어넘어 새로운 시각으로 바라보아야 해. 생각을 고정하지 말고 생각을 유연하게 해야 어떤 생각 하나가 여러 갈래의 생각으로 번지면서 창의적인 아이디어가 떠오르게 되지.

호기심은 발명과 발견의 시작이야. 창의적인 인물은 타고난 재능도 재능이지만 강렬한 흥미와 호기심의 소유자라고 하더라. 창조성은 호기심을 가지고 그냥 넘기지 않는 마음가짐에서 비롯되지.

현대사회는 상상하는 것은 무엇이든 만들 수 있고, 할 수 있어. 발명되거나 창조된 원인은 마음속에 상상력을 발휘했기 때문이지. 보이지 않는 상상력의 차원에서 발명이라는 보이는 차원으로 옮겨온 것이야.

창의성은 역발상을 하는 데서 발휘될 수 있어. 창조하려면 스스로 기존의 생각과 사고를 깨야 해. 생각의 경계를 없애고 발상의 전환 정도가 아니라 발상을 파괴해야 하는 거야. 다시 말해 생각을 비틀거나, 거꾸로 세워서 이미 하고 있는 것을 흉내 내지 않아야 창의적인 작품이 탄생할 수 있어.

사고의 유연성을 발휘할 수 있는 청소년 시절에 창의성을 기르는 생각의 습관을 길들여야겠지.

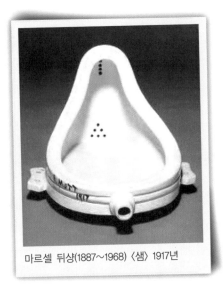

마르셀 뒤샹(1887~1968) 〈샘〉 1917년

기존의 화장실 변기를 새로운 관점으로
바라보고 〈샘〉이라는 제목을 붙였다. 이처럼
익숙한 것을 새롭게 느끼게 하는 능력도
창의성이다

생각의 경계를 없애고
발상의 전환 정도가 아니라
발상을 파괴해야 하는 거야.

왜 꽃은 햇빛을 향해 필까

너는 들에 피는 꽃을 관찰한 적이 있니? 그러면 햇살이 비치는 쪽을 향해 핀다는 사실을 알 수 있을 거야. 꽃을 실내에 꽂아도 빛이 들어오는 쪽으로 방향을 바꾸어 핀다고 하지.

그렇다면 감정이 없는 식물도 밝은 쪽을 좋아하는데 하물며 인간은 어떻겠어? 어둡고 부정적인 것보다는 밝고 긍정적인 것을 좋아함은 당연한 일이겠지. 햇살이 꽃을 피어나게 하고 열매를 맺고 익게 하지. 사람에게 있어서도 밝은 햇빛과 같은 긍정적인 생각이 쾌활함을 심어주면서 꿈을 이루게 하는 거야.

마음속에는 기쁨, 사랑, 즐거움 같은 긍정적인 감정이 있는가 하면 짜증, 우울, 절망 같은 부정적인 감정도 있어. 사람의 마음은 채널이 있는 텔레비전과 같아서 선택하는 채널대로 마음 상태가 움직이게 마련이야.

어떤 일에 직면하든 마음가짐만큼 중요한 것은 없어. 모든 일은 마음먹기에 달려있기 때문이지. 마음이 환희와 활력과 평화가 넘치게 할 수 있고 우울함과 무기력과 불화로 채울 수도 있어.

평소 긍정적 사고를 하느냐 부정적 사고를 하느냐에 따라 인생이 달라져. 긍정적 사고를 하는 사람은 잘 될 것이라는 믿음을 가지고 삶에 활력을 불어넣으면서 열심히 최선을 다하지만, 부정적 사고를 하는 사람은 지레 잘 안될 것으로 생각하고 아예 노력을 기울이지 않거나 열심히 하지 않아.

긍정적인 사고를 하는 사람은 꿈을 실현하는 과정에서 어려움이 생기면 극복할 방안을 연구하지만, 부정적인 사고를 하는 사람은 극복할 수 없는 이유나 변명을 늘어놓기에만 급급하지. 그러니 꿈을 실현하기 위해서는 긍정적인 사고를 해야지 부정적인 사고를 해서는 아무 일도 이루어지지 않겠지.

긍정적인 사고를 하면 베타 엔도르핀이라는 호르몬이 생성되는데, 이 호르몬은 몸과 마음을 편안하게 하고 면역력을 강화해 몸을 치료한다는 거야. 하지만 부정적인 사고를 하면 노르아드레날린이라는 호르몬이 생성되는데, 코브라의 맹독과 같은 물질로 심신을 허약하게 하고 몸을 산성화시켜 암이나 다른 질병에 걸리기 쉽게 만든다고 하는구나.

너는 '플라세보 효과Placebo Effect'라는 말을 들어본 적이 있는지 모르겠는데, 생각이 얼마나 중요한지를 증명하는 단어야. 이는 의사가 치료약이 없는 병에 걸린 환자에게 비타민이나 소화제를 치료약이라고 하면서 투여하더라도 환자가 의사를 믿고 나을 것이라는 긍정적인 생각을 하면 실제로 병이 호전된다는 거야. 반대로 '노세보 효과Nocebo Effect'가 있는데, 이는 적절한 처방을 했음에도 불구하고 환자가 몸이 아프다고 하면서 부정적인 생각을 하면 잘 낫지 않는다는 것이지.

평소 어떤 일을 대할 때 어떻게 생각을 가지느냐는, 버릇이자 습관이야. 안 된다고 생각하는 것과 된다고 생각하는 것 사이에는 엄청난 차이가 있어.

예를 들어 수학 공부를 할 때 공부를 열심히 하면 실력이 늘고 성적이 오를 것이라는 긍정적인 생각이 들어야 열심히 하겠지. 노력을 기울여도 실력도 늘지 않고 성적이 오를 것 같지도 않다는 생각이 들면 어떻게 열심히 노력을 기울일 수 있겠어? 그러니 노력해도 잘 안 될 것이라고 미리 생각하고 노력을 제대로 기울이지 않으니 실력이 길러지지 않고 성적도 오르지 않는 거야.

꿈을 실현하기 위해서는 잘 될 것이라는 믿음을 가지고 끈기와 인내심을 발휘해야 해. 그래야 일을 추진하다가 어려움에 부닥칠 때에도 돌파하려고 노력하지만, 그렇지 않은 경우에는 상황 때문에 그렇게 되었다고 여기고 주저앉아버리기 십상이지.

강한 확신이 행동을 불러일으키는 거야. 네가 행동을 하면 원하는 결과를 가져올 것이라는 확신이 있어야 동기부여가 되고 최선의 행동과 노력을 기울이게 되는 거지.

인간의 힘은 눈에 보이지 않는 믿음에 기인하는 거야. 믿는 사람은 강하고 의심하는 사람은 약한 거야. 의심과 두려움을 떨치고 믿음이 있으면 어떤 상황에서도 가능성과 기회를 만들지.

믿음이 있어야 일을 붙잡고 매달리는 거야. '잘 될 거야. 그건 어려운 계획이긴 하지만 할 수 있어. 그 일은 분명히 효과가 있을 거야' 하면서 믿음을 가지고 한 걸음 한 걸음 꾸준히 나아가야 해.

일의 과정에서 어려움이 생겼을 때 '안 해'나 '못 해'가 아니라 '할 수 있다'고 생각해야 해. 힘든 상황이 오더라도 잘 되기 위한 과정으로 받아들여야 꿈을 실현할 수 있어. '할 수 있다'는 긍정적인 사고를 하면서 해낼 수 있는 실력을 키워야겠지.

일을 시작하면서 잘 될 것이라고 낙관해야 잘 될 수 있어. 하지만 아무런 근거 없이 긍정적인 생각만 하고 노력이 뒤따르지 않으면 아무 소용이 없어. 항상 머릿속을 긍정적인 생각이 지배하게 하되 막연한 낙관주의자가 되어서는 안 돼.

긍정적 사고를 하느냐 부정적인 사고를 하느냐는 너 자신에게 달렸지만, 주변 사람으로부터 영향을 받기도 하지. 어울리고 교류

하는 사람의 태도와 행동, 습관이 네게 큰 영향을 끼친다는 사실을 알아야 해.

긍정적인 사고를 하는 사람은 네게 삶의 활기와 열정을 불어넣지만, 부정적인 사고를 하는 사람은 불평불만을 전염시켜 기분을 우울하게 만들고 열정을 떨어뜨리지. 긍정적인 사고를 하는 사람과 어울려야 네 삶도 활기차게 되고 꿈의 실현을 위해서 열정을 불사르면서 전진하게 될 거야.

언어는 행복의 문을 여는 중요한 열쇠야. 유대인들이 소원을 빌 때 "아브라카다브라Habracadabrah"라고 주문을 왼다고 하는구나. 이는 '말하는 대로 이루어진다'는 뜻으로 평소 언어 습관은 중요한 거야. 우리 속담에도 '말이 씨가 된다'가 있지.

두뇌는 네가 말하는 언어를 의식 속에 넣어 삶에 반영시키는 시스템으로 이루어져 있다고 하는구나. 그러니 행복한 삶을 영위하기 위해서는 긍정적인 언어를 사용하는 습관을 길러야 해. 생각하고 말하는 방식을 긍정적으로 하도록 노력하려무나.

삶의 길을 밝혀주는 등불

너는 스스로를 지혜로운 사람이라고 생각하니? 지식과 지혜를 혼동하고 있지는 않니? 학창 시절인 지금은 지식이 상급학교 진학을 좌우하는 중요한 급선무이므로 필요한 지식을 계속 늘려야겠지. 아울러 창의적인 지식을 계속 늘리면서 창의성을 키워야 해.

하지만 앞으로 인생을 살아가면서 지식과 함께 지혜가 중요하다는 것을 느끼게 될 거야. 일반적인 지식은 스마트폰에서 키 한 번 누르거나 말만 하면 검색할 수 있는 시대가 되었어. 이제는 다양한 상황에서 발휘해야 할 지혜가 필요해.

지혜는 삶의 길을 밝혀주는 등불이야. 사물의 이치를 깨닫고 처리하는 정신적 능력이지. 인생의 난관을 슬기롭게 헤쳐 나가게 해주며 삶에 깊이와 안정을 가져다주지.

지식과 경험이 있다고 해서 지혜가 얻어지지 않아. 생각해 보거나 주위를 살펴보면 이 세상에 지식과 경험을 가진 사람은 많지만, 그들 모두가 지혜롭다고 할 수는 없어. 그리고 나이가 많은 분 중에서 학교를 많이 다니지도 않았는데 지혜가 많은 분이 계시기도 하지.

지식과 경험을 통해서 현실을 재확인해보아야 지혜로운 사람이 될 수 있는 거야. 자기 생각을 다듬는 과정을 거쳐야만 얻을 수 있어. 네가 가지고 있는 지식과 경험을 뛰어넘어 의미 있는 지혜로 만들어가야 해.

지혜는 사용되어야 하는 것으로, 머릿속에 아무리 지혜를 가지고 있다고 하더라도 현실에서 문제를 해결하는데 사용되지 않는다면 소용없는 거야. 게다가 세상은 변하기 때문에 지식과 마찬가지로 어제의 지혜가 오늘은 폐기되어야 하는 경우도 얼마든지 있어.

변화하는 세상에는 거기에 적용될 수 있는 지혜로 계발되고 변화되어야 해. 지혜는 현실을 통해 재확인되고 검증되고 혹은 수정되고 변화되면서 새로운 지혜로 업그레이드되어야겠지. 그래야 살아있는 지혜가 되는 거야.

청소년인 네게 성찰능력이 어떻고 통찰능력이 어떻고 하는 말이 어렵게 들릴지 모르겠어. 하지만 앞으로 인생을 살아가는 데 있어서 꼭 필요하고 발휘되어야 할 능력이야.

'성찰능력'은 너 자신을 인식하는 것에서 시작하지. 네 감정을 잘 조절하여 자신과 관련된 문제를 풀어내는 데 필요한 능력이야. 성찰능력이 높은 사람은 강한 의지와 독립성을 가지고 있으며 자신에 대해 깊은 반성을 수시로 하지. 또한, 자기 생각과 감정을 성숙하게 조절하고 표현할 수 있어.

'통찰능력'은 남보다 앞선 연구와 사색을 통하여 앞으로 다가올 일이나 결과에 대해 정확히 예측할 수 있는 능력이야. 통찰능력을 키우기 위해서는 먼저 너 자신을 냉정하게 객관적으로 보는 성찰능력을 갖추고 있어야 해.

성찰능력과 통찰능력은 매 순간 선택과 의사 결정을 요구받고 있는 현대사회에서 네가 성장할수록 더욱 필요해질 능력이야. 항상 냉정한 자세로 너 자신에 대한 성찰능력을 갖추고 시야를 넓혀서 사안의 표면만 보지 말고 내면을 꿰뚫어 보는 통찰능력을 겸비하도록 노력해야겠지.

너는 앞으로 사소한 일부터 인생의 행로를 바꿔 놓을 만큼 중요한 문제까지 평생 수천, 수만 가지 결정을 내리며 살아갈 거야. 이때마다 올바른 선택, 좋은 결과를 얻기 위해서 객관적이고 과학적인 근거에 의한 의사 결정을 내리면 좋겠지. 하지만 근거가 마련되지 않을 경우가 많으며, 심지어는 그 근거가 전혀 통하지 않는 경우도 비일비재해.

앞으로 인생을 살아가면서 보게 되겠지만, 누구도 예상하거나 생각해내지 못한 결정으로 큰일을 성사시키는 사람이 있어. 이를 두고 단순히 운이 좋은 사람이라고만 말할 수는 없어. 그는 무엇을 해야 할 것인가에 대한 직관을 개발해 온 사람이야. 성공한 정치가, 사업가, 예술가, 운동선수들은 자신의 직관을 믿고 능력을 발휘한 사람이지.

네 내면 깊숙한 곳에는 지혜의 원천인 '직관'이 있어. 인간은 남녀노소를 불문하고 '직관'을 가지고 있지. 물론 지식이 늘어나고 경험이 쌓이면 그 능력도 늘어날 거야.

아이디어를 떠올리고 결정을 내릴 수 있는 직관 능력을 키워야 해. 그러기 위해서는 마음속에서 창의적인 수많은 생각을 되새김하는 과정을 거쳐야 함을 명심해.

지혜는 현실을 통해 재확인되고 검증되고
혹은 수정되고 변화되면서
새로운 지혜로 업그레이드되어야겠지.

아는 것이 힘이요 돈이야

너는 마이크로소프트를 창업한 빌 게이츠, 애플을 창업한 스티브 잡스, 페이스북을 창업한 마크 주커버그를 알 거야. 그들은 자본이 아니라 지식을 밑천으로 창업하여 인류 생활을 변혁시키고 엄청난 부자가 되었어. 바로 지식과 창의성을 결합하여 무궁무진한 부가가치를 만들어낸 것이지. 이처럼 많은 돈을 벌려면 기본적으로 많이 배워서 지식을 쌓아야 해.

그래서 앨빈 토플러는 《부의 미래》에서 창의성과 결합한 지식을 '미래 경제의 석유'라고 하고 있지. 하지만 석유와 지식의 근본적인 차이점은 무엇보다 석유는 쓸수록 줄어들지만, 지식은 사용할수록 더 많이 창조된다는 거야.

현대사회를 지식을 기반으로 하는 사회라고 말하는데 지식이 사회를 지배하고 부를 창출한다는 거야. 지식기반사회는 지식이 넓고 많아야 고액의 수입을 올릴 수 있고 영향력이 생기고 경쟁력을 가지지.

네가 앞으로 사회에 나가서 명성을 얻고 영향력을 가지면서 많은 돈을 벌고 싶다면 지식수준을 높여야 해. 그러니 인생의 준비 기간인 청소년 시절에 현재와 미래를 살아가는데 가장 큰 무기인 지식을 쌓는 데 심혈을 기울여야겠지.

지식이 꿈을 이루는 열쇠야. 지식을 많이 가지고 있을수록 꿈을 이룰 가능성은 점점 더 높아지는 거지. 네가 특별한 지식이나 기술을 가지고 있다면 앞으로 꿈을 이루는데 날개를 다는 것과 같아.

네가 꾸준히 노력만 한다면 지식을 쌓거나 발전하는 데는 결코 한계가 없어. 학창 시절의 청소년인 너는 학구열을 불태우면서 지식 쌓기에 전력해야겠지.

현대사회에서 지식은 급속도로 늘고 있어. 네가 불과 1년 전과 비교하여 볼 때 예를 들어 스마트폰, 페이스북, 트위터 등의 출현에 따른 활용법만 하더라도 알아야 할 지식이 얼마나 급격하게 늘어나고 있니?

늦어도 5년 후에는 알아야 할 새로운 지식이 두 배 이상 늘어난다고 하는구나. 그러므로 계속해서 지식을 늘려나가야겠지. 필요로 하는 지식을 배우고 쌓지 않으면 경쟁력 없는 사람이 되고 마는 거야.

니체는 졸업을 앞둔 제자들에게 "너희는 내 학설을 이해하고 소화해야 성장할 수 있다. 또한, 그것을 말도 안 되는 허튼소리로 생각해야 성숙할 수 있다. 몇십 년이 흐른 후까지도 내가 가르친 것을 붙들고 있다면 너희는 이 시대의 큰 죄인이므로 기존의 지식을 부정하라"고 말했어.

이처럼 100년 훨씬 전에도 새로운 지식 습득을 강조했는데 하물며 새로운 지식이 급속도로 쏟아지는 오늘날에 과거의 지식을 고수한다는 것은 스스로 경쟁에서 도태되겠다고 선언하는 것과 마찬가지야.

지식은 끊임없이 생산되며, 기하학적으로 증가하고 있어. 작년에 익힌 새로운 지식은 올해에는 절반밖에 소용이 없고, 내년에는 4분의 1, 내후년에는 8분의 1로 줄어들고, 점점 더 줄어들어 결국 아무 쓸모가 없어지고 마는 거야.

지식이 늘어나는 속도를 지식 증가 속도가 따라가지 못한다면 꿈을 이루기는커녕 현상유지조차 할 수 없어. 학습 역량이 외부 지식 변화를 따르지 못하면 쇠퇴를 각오해야겠지.

지금 네가 사는 세상은 지식의 반감기임을 알고 지속적으로 공부해야 해. 지속적인 학습은 생존과 경쟁의 원동력이야. 배우고자 하는 의지가 중요해. 학습을 통해 자신을 새롭게 해야겠지.

현재와 미래의 '진정한 부자는 많이 아는 자' 즉 지식이 많은 사람이며, '가난한 자는 덜 아는 자' 즉 지식이 적은 사람이야. 부유한 집안에 태어나도 공부를 하지 않아 지식 축적이 덜 된 사람보다, 가난한 집안에 태어나도 공부를 열심히 하여 지식 축적이 많이 되어있는 사람이 꿈을 이룰 가능성이 훨씬 높지 않니? 앞으로 성장하여 사회에 진출하면 더욱더 느끼게 될 것이며 보게 될 거야.

그리고 아무리 부모로부터 많은 재산을 물려받았다고 해도 지식이 없으면 그 재산을 늘리기는커녕 지킬 수조차 없어. 가장 중대한 빈부격차는 계속해서 자신의 지식과 기술 수준을 높여 가는 사람과 그렇게 하지 않는 사람 사이에 존재하고 있어.

꿈을 이루려면 더 많이 배워야 하고 평생 배워야 해. 그러니 학창 시절인 지금, 만약 배움을 소홀히 한다면 언제 배울 거니? 항상 지적 호기심을 가지고 배우겠다는 자세를 가져야 해.

네가 세운 꿈을 위해서 필요한 것을 하나하나씩 배워나가야 해. 마음만 먹으면 배울 수 없는 것은 없어. 항상 시대에 부응하는 새로운 지식, 기술, 정보, 아이디어 등을 배우겠다는 자세를 가지길 바란다.

공부는 엉덩이로 하는 거야

학창 시절을 보내고 있는 너는 공부하는 것이 즐겁니? 아니면 마지못해서 하고 있니? 어쩌면 공부라는 말만 들어도 골치 아픈데 '공부'를 거론하니까, 왜 이러나 싶겠지. 너는 공부를 왜 한다고 생각하니? 뚜렷한 목표를 가지고 하니? 아니면 인생에서 그냥 학생의 시기이니까 하는 거니?

지금의 목표인 '공부'에 대하여 "내가 왜 공부하지?"를 스스로 자신에게 묻고 확실하게 답할 수 있어야 해. 그렇지 않으면 부모가 공부하라고 하니까 공부하고 주변 또래들이 공부하니까 마지 못해 공부하는 식이 되면 이런 수동적인 공부에 흥미가 있을 턱이 없으니 좋은 성적이 나올 리도 없어.

목표가 없으면 공부의 방향을 잃기 마련이야. 목표가 없는 공부는 어디로 가려는지 목적지도 없이 배를 출항하는 행위와 다를 바 없어. 목표가 없으니 쉽게 포기하게 되고 노력해도 좋은 효과를 얻기 어려운 거야. 뚜렷한 목표를 향해 노력할 수 있을 때 더욱 집중할 수 있어.

"인생에는 때가 있다"는 말을 들어보았을 거야. 나이가 든 내가 보기에 그 말은 정확히 맞는 것 같아. 인생에는 여러 시기가 있는데 시기마다 해야 할 일이 있지.

어떤 사람은 주어진 인생의 시기에서 해야 할 일은 하지 않으면서 좀 더 나이가 들면 그때 가서 열심히 할 것이라고 말하는 사람이 있는데, 그런 사람치고 그때 가서 열심히 하는 사람은 좀체 없어.

청소년 시기에는 청소년이 마땅히 해야 할 일을 충실히 하는 것이 긴 삶의 여정을 바람직하게 살아가는 길이야. 청소년은 공부가 본분인 학생 신분이므로 공부를 열심히 해야겠지. 그래야 인생의 시기마다 다른 본분이 주어지더라도 그 본분을 열심히 할 수 있는 것 아니겠어?

네 주변에 "공부가 인생 전부가 아니다"라고 말하는 사람이 있을 거야. 이런 말은 공부하기 싫어하는 사람이 하는 자기 합리화이며 위안이야. 또 "나는 공부에 취미는 없지만 다른 것은 잘할 수 있다"고 말하는 학생도 주변에 있을 거야. 물론 그럴 수 있지만, 공부를 잘하고 못하고를 떠나서 학생 시절에는 주어진 본분인 공부에 일단 충실해야 다른 일을 할 때에도 성실함을 발휘할 수 있는 확률은 훨씬 높은 거야.

만약 공부 외에 다른 일로 네 꿈을 이룰 수 있는 일이 있다면 거기에 매진해. 그런데 그 다른 일의 분야에서도 출중하려면 그 분야에서 필요한 지식을 가지고 있어야 해. 글로벌 시대에 운동선수나 음악가, 요리사로 능력을 발휘하려면 그 분야의 전문지식은 물론 어학 실력을 갖추어야겠지.

네가 지금 생각하기에는 공부를 영어나 수학 등 교과목을 생각하겠지만, 공부란 배워야할 지식을 습득하는 과정이야.

공부를 잘한다는 게 삶의 목적은 아니지만, 공부를 잘하면 꿈을 이룰 많은 기회가 주어지지. 네가 좋은 대학을 졸업하고자 하는 것이 좋은 직장과 삶의 질을 보장하는 것은 아니지만, 가능성이 높기 때문이야.

꿈 많은 네게 이런 말을 하는 게 어떨지 모르겠지만, 솔직히 말해서 사회는 냉정한 곳이야. 열심히 공부하지 않으면 지금 열심히 공부하고 있는 네 친구 밑에서 근무할 수도 있어. 실제로 이런 일이 비일비재하지. 예를 들어 공무원 사회에서 고등고시 출신인 학교 동기의 지시를 받으며 근무하는 사람이 많아. 이런 때 반말도 할 수 없어. 이런 상황을 만들지 않으려면 열심히 공부해야겠지.

지식이 별 필요 없는 육체적 단순 노동을 하는 사람이 삶의 보람을 느끼면서 돈을 많이 버니? 아니면 좋은 환경에서 고도의 지식을 가지고 창의적인 연구를 하는 사람이 삶의 보람을 느끼면서 돈을 많이 버니?

무한한 가능성이 펼쳐져 있는 현대의 지식사회에서 공부를 잘 하여 다양한 지식을 가지고 있으면 그만큼 할 수 있는 일의 폭이 넓어지고 돈을 벌 기회도 훨씬 많아지는 거야.

다시 강조하지만, 청소년인 네가 학생의 본분인 공부를 일단 열 심히 해야 인생의 시기마다 해야 할 일에 최선을 다하는 자세를 가질 수 있을 거야. 그리고 공부로 지식을 쌓아야 삶의 질이 높은 생활을 할 수 있는 확률이 높지.

공부는 네게 '즐기는 일'이 아닐 수 있어. 그래도 학생으로서 공 부 외에 매진할 일이 없다면 공부를 열심히 해야 해.

공부는 머리보다 엉덩이로 하는 거야. 공부할 때는 책상에 끈질 기게 앉아서 집요하게 공부해야 해. 공부 잘하는 것은 책상에 엉 덩이를 대고 앉아있는 시간과 집중력에 비례하지. 그러니 우선 책 상에 앉는 습관이 중요해.

책상에 오래 앉아있으려면 공부가 즐거워야겠지. 공부가 고역 이고 마지못해 하는 것이라면 오래 앉아 있기가 쉽지 않아. 공부 하는 것이 마냥 즐겁지는 않겠지만, 목표를 가지고 지식 습득을 즐거움으로 여겨야 해.

공부는 흔히들 마라톤에 비유하지. 마라톤에서 처음 조금 뒤처진다고 계속해서 뒤처지는 것이 아니며 앞서 나간다고 해서 계속 앞서서 뛰는 것은 아니야. 마지막 결승점에 누가 빨리 골인하느냐가 중요하지.

이처럼 지금 성적이 좋지 않다고 계속 떨어지는 것은 아니야. 그렇다고 지금 성적이 좋다고 해서 계속 저절로 유지되거나 올라가는 것도 아니지. 때로는 영화도 보고 휴식도 취하면서 꾸준하게 공부해.

겉만 번지르르하면 뭐해

너는 한 달에 학습 관련 도서 말고 교양 도서를 몇 권이나 읽니? 읽는다면 인생에 지침이 되거나 창의성을 자극하는 책을 읽고 있니? 재미만 있는 만화나 무협소설 등을 읽으면서 책을 읽고 있다고 말하지는 않니? 책을 사는데 지출하는 비용은 얼마나 되니? 책 한 권 값에 해당하는 재미있는 영화 한 편은 자주 보면서 책 한 권을 사는 데는 인색하지는 않니?

청소년 시절에 좋은 책을 읽는다는 것은 정말로 중요한데도 요즈음 지하철을 타고 가다 보면 청소년 성인 구분 없이 예전보다 책을 읽는 사람이 줄어든 정도가 아니라 찾아보기가 쉽지 않아. 누구나 할 것 없이 스마트폰에 매달려 부지런히 손놀림하고 있지. 이처럼 스마트폰의 열풍에다 재미있고 즐길 수 있는 것이 하도 많다 보니 독서를 등한시하는 사회 풍조가 만연하는 것이 정말로 안타까워.

요즈음 많은 청소년이 TV에 나오는 연예인처럼 몸매를 만들기 위해 다이어트에다가 운동을 열심히 하면서 몸을 가꾸지. 물론 몸매를 가꾸고 신체를 튼튼히 하는 것은 중요하지만, 독서를 통해 생각의 근육도 단련해야 진정한 멋쟁이가 되는 거야. 아무리 몸매가 날씬해도 머리가 텅 비어 있으면 무슨 멋이 있겠어. 겉만 번지르르하면 뭐해? 속은 텅텅 비어 있는데 말이야.

이런 사람과 대화 몇 마디 나눠보면 지적 수준을 금방 알 수 있으며 조금만 앉아있으면 지겹고 싫증이 나게 마련이야. 그런 사람이 되지 않으려면 '향기 나는 사람'이 되어야 하는데 책을 많이 읽는 것이 가장 기본적이고 효율적인 방법이지.

책을 많이 읽어야 지식으로 무장한 품위 있는 사람이 될 수 있어. 책 한 권이 네 인생을 바꿀 수 있어. 책 속의 한 줄의 글귀가 마음에 불을 지펴 열정을 북돋울 수 있고, 포부를 키워 노력을 쏟도록 이끌고, 지쳐서 방황하는 삶에 에너지를 선사하여 다시금 일어서게 할 수도 있고, 마음에 평정을 가져와 인생의 획을 바로 잡아주지. 또한, 독서를 통해 본보기role model를 찾아 그 사람처럼 되어야겠다고 마음먹는 경우도 많아.

책은 인생의 좋은 스승이야. 세상의 모든 지식은 책 속에 있고, 우리는 책을 통해 살아가는 간접 경험을 할 수 있지. 지식을 넓혀 너 자신을 재창조하는 기본 방법은 독서야. 더 나아가 독서는 지혜의 원천이지.

책은 세상의 정보와 지식을 알려주지. 요즈음 인터넷이나 미디어를 이용하여 단편적인 정보와 지식은 얻을 수 있을지 몰라도 편협할 수 있으며, 지나치게 일반화하거나 확대하여 해석하는 오류를 범할 수도 있어. 책을 읽지 않으면 정확하고 깊이 있는 정보와 지식을 얻어내기가 어려워. 더 넓은 시야를 가지고 다양한 측면들을 알기 위해서는 독서가 필수적이야.

'독서는 취미도 선택도 아닌 숨 쉬는 것과 같다'는 것을 명심하면서, 독서를 평범한 일상으로 받아들여 항상 책을 가까이하면서 즐거움을 느껴야 해.

너는 책을 읽더라도 인생의 지침이 되는 책을 읽어야 해.

독서는 과거와 현재, 시공을 뛰어넘어 폭넓은 사고와 상상의 나래를 펴서 지식과 지혜, 통찰력과 창의성을 키우게 해주는 최상의 방법이야. 독서는 머리의 유연성을 유지. 발전시키는 두뇌의 체조이며 좋은 책은 마음의 평화인 평정심을 갖게 해 주지. 그러니 책을 벗 삼아 인생을 걸어가야 해.

많은 사람이 베스트셀러란 말만 듣고 책을 사고는 읽지 않아. 책은 장식품이 아니야. 책은 꽂아두기 위한 것이 아니라 읽기 위한 것이니 읽지 않을 책은 아예 사지 마.

많이 읽는 것보다 좋은 책을 깊이 있게 읽는 것이 중요해. 아무리 책을 많이 읽어도 나중에 핵심적인 내용을 모르고 책 제목과 유명한 저자의 이름 정도만 기억하는 것은 제대로 된 독서가 아니야.

네 사고와 태도에 변화를 줄 수 있는 책을 읽되, 책 내용에만 얽매이지 말고 재해석할 수 있어야 지식과 지혜를 통한 통찰력을 기르게 될 거야.

좋은 책을 골라서 찬찬히 정독해 봐. 책을 다 읽고 나면 성장한 기분을 느끼면서 뿌듯한 기운이 온몸을 감쌀 거야.

네 사고와 태도에 변화를 줄 수 있는 책을 읽되,
책 내용에만 얽매이지 말고 재해석할 수 있어야
지식과 지혜를 통한 통찰력을 기르게 될 거야.

세상에서 가장 어려운 일

지금은 네가 주위 사람들을 설득해야 하는 일이 많지 않을지 몰라. 하지만 지금도 너는 평소보다 많은 용돈을 요구할 때, 색다른 물건을 사려고 할 때, 부모님과 의견을 달리하면서 상급학교에 진학하려고 할 때, 심지어 부모님이 반대하는 네 꿈을 펼치기 위해 개인 지도를 받으려고 할 때 등 부모님을 설득해야 할 일이 있을 거야. 그리고 선생님을 설득해야 할 일이 있을 것이고, 친구를 설득해야 할 일도 있을 거야.

앞으로 성장하면서 점점 많아질 것이며, 사회생활을 하게 되면 생활 자체가 온통 설득해야 할 일들이야. 비즈니스 자체가 설득하는 일이니까 말이야. 직장 생활에서 어떤 일을 추진하려면 상사나 동료를 설득해야 하고, 고객을 설득해야 판매할 수 있는 거지. 네가 하고 싶은 일의 성사와 꿈의 실현은 설득을 통한 인간관계에서 이루어지는 것이 다반사야.

사람은 사회적 동물로서 더불어 살아가야 하는 존재야. 세상을 살아가면서 만나게 될 수많은 사람, 그들은 저마다 경험과 지식과 지혜를 가지고 있어서, 그들의 마음을 얻는 일은 어려운 일이지.

설득력을 갖추는 것은 삶에서 중요한 일이야. 남들만이 아니라 가장 가까운 가족끼리도 서로 의견을 나누면서 의사결정을 통해 살아가야 하지 않니?

가만히 생각해 보면 일상생활은 설득의 과정으로 설득하고 설득당하는 일이 전부인 것 같아. 세상은 설득의 홍수야. 온 매체를 통해 쏟아지는 마케팅 광고는 소비자를 설득하기 위해 온갖 아이디어를 짜낸 소산이지. 요즘 유행하는 단어인 '소통'도 서로 간에 설득하고 설득을 당하자는 말과 다름없어.

요즈음 학교에서나 입사시험에서 강조하는 논술도 글쓰기를 통해서 논리적으로 설득하는 거야. 토론도 논리적인 말로 설득하는 것이며, 면접도 논리적으로 면접관을 설득해야 하는 행위야.

생텍쥐페리는 《어린 왕자》에서 '세상에서 가장 어려운 일은 사람의 마음을 얻는 일이다. 각각의 얼굴만큼 다양한 각양각색의 마음에서 순간에도 수만 가지의 생각이 떠오르는데, 그 바람 같은 마음을 머물게 한다는 건 정말 어려운 일이다'라고 했어.

인간은 쉽게 설득당하지 않는 존재야. 마음을 움직이기란 결코 쉬운 일이 아니지. 설득된 듯이 보이는 경우에도 정말로 마음에서 우러나와서 설득된 것이 아니라 설득하는 쪽이 우월적 지위에 있는 경우가 많아. 요즈음 흔히 말하는 갑의 처지에 있는 경우 말이야.

설득한다는 것은 상대를 이해한다는 거야. 누군가를 설득하려 한다면 상대의 입장이 되어보아야 해. 소통의 본질은 설득이 아니라 공감에 있어. 공감은 마음과 마음이 서로 통하는 상태야. 공감은 똑같이 느끼는 것만이 아니라 상대방의 느낌까지도 받아들이는 것이야.

공감대를 높이려면 상대방의 심정과 감정을 진심으로 이해하는 '마음의 시력'을 가지고 진실한 마음으로 대하는 것이 우선이야. 그래야 거기에서 친근감과 공감을 느끼면서 마음에서의 동조가 우러나는 거지.

설득력은 정말로 중요한 기술이야. 설득력을 발휘하기 위해서는 존중과 인정이 필요하지. 사람은 누구나 자신에게 관심을 기울이고 공감해주면, 호감을 느끼면서 긍정적인 반응을 나타내지. 그러니 네가 설득하여 동의를 얻어야 할 일이 생기면 상대방에게 초점을 맞추어 관심을 집중해야 해.

상대방의 입장을 존중하여 너와는 의견이 다를 수도 있음을 받아들이고, 너 자신의 논리를 전달하기보다는 상대방의 말을 들어

주고 이해하는 태도가 우선되어야 해. 때로는 상대방이 관심 있어 하는 부분을 질문함으로써 공감을 불러일으킬 수도 있어.

상대방이 개인적으로 중요하게 느끼는 점을 인정받고 싶어 하므로 관심사에 대하여 마음을 사로잡는 이야기를 들려주면 그의 공감을 불러일으킬 거야.

그리고 설득력을 높이기 위해서는 네가 하고자 하는 메시지가 단순하고 명쾌해야 해. 그래야 상대방이 기억하기 쉽고 받아들이기가 쉬울 거야.

마음의 문을 여는 열쇠

너는 예의 바른 사람이라고 생각하니? 네가 길을 가다가 길을 물었을 때 친절하게 안내를 받으면 어떤 기분이 드니? 반면에 상대방이 예의에 어긋난 행동을 할 때 어떤 기분이 드니? 인간관계에서 지켜야 할 예의에는 어떤 것이 있다고 생각하니?

요즈음 인성교육이라는 말을 많이 들을 거야. 바로 인성교육은 올바른 태도를 기르는 것이지. 인생에서 실력을 갖추는 것도 중요하지만, 태도가 뒷받침되지 않으면 예의 없고 건방지다는 소리를 들으면서 인간관계에서 소외되기에 십상이야.

'세 살 버릇이 여든까지 간다'는 격언이 있어. 네 인생에서 가장 젊을 때인 지금부터라도 올바른 태도를 몸에 배게 하여 습관화해야 해. 그래야 예의 바른 사람이라는 평판을 들으면서 꿈을 이루는 데 큰 도움이 될 거야.

너는 혼자서는 존재할 수 없으며 다른 사람과의 관계 속에서 살아가야 해. 사회학 이론에 '상징적 상호작용론'이 있는데, 사람은 사회에서 상호작용의 관계 속에 존재한다는 거야. 여러 일상 속에서 상대방의 행동에 대해 어떠한 행동을 취해야 하는지 생각한다는 것이지. 좋은 태도는 좋은 관계를 맺게 하고 유지 발전시키므로 상대방과 접촉할 때 좋은 태도인 예의가 중요한 거야.

예의란 상대방에 대한 행동 양식으로 정중함과 상냥함이야. 상대방의 마음으로 들어갈 수 있는 출입증으로 인간관계를 부드럽고 편안하게 만들어주지. 예의는 인격을 외적으로 드러내는 것으로 그 사람을 측정하는 중요한 잣대야.

대개 사람과의 관계에서 꿈이 이루어지므로 인간관계에서 호감을 느끼게 하는 예의는 반드시 갖추어야 할 덕목이야. 상대방의 마음을 얻는 일이 거창하고 어려운 일이 아닐 수도 있어.

예의는 평소의 습관이 쌓이고 쌓여 만들어지므로 태도를 훈련하여 예의 바른 사람이라는 말을 듣도록 해야겠지. 예의를 갖추기 위해서는 인사를 잘하고 친절하며 상대방에 대한 배려와 자신을 낮추는 겸손이 기본적으로 갖추어야 할 덕목이야.

인사는 단순한 형식이 아니라 상대방이 네게 호감이 가게 하는 가장 간단한 방법이야. 상대방에 대한 인정이자 존중의 표현이지. 인사를 건성으로 하거나 심지어 말로만 하는 경우가 많은데 인사는 정중하게 행동으로 하는 것이 좋아.

청소년인 너는 인사를 받기보다는 인사를 하는 경우가 많은데, 바른 인사법을 배워 그렇게 하는 습관을 길들여야겠지. 등교할 때와 집으로 돌아와서 부모님에게 올바르게 인사하는 것부터 습관을 들이면 좋을 것 같아.

친절은 아무리 강조해도 지나치지 않아. 친절한 것은 비굴한 것과는 달라. 친절을 베푸는 사람은 그만큼의 친절을 되돌려 받게 되지. 네가 친절한데 상대방이 화를 내거나 불친절할 수 있겠어?

친절은 말과 표정과 행동이 중요해. 친절하고 상냥한 말과 밝게 웃는 표정과 정중한 행동을 습관화한다면 좋은 친구들이 많아지면서 학교생활도 즐겁게 할 수 있어. 친절한 말 한마디가 좋은 인간관계에 결정적인 역할을 할 수도 있는 거야.

배려는 인간만이 나눌 수 있는 아름다운 미덕으로 너보다 상대방을 먼저 생각하는 마음이야. 배려는 해야 할 의무를 지닌 것이 아니지만 좋은 마음 씀씀이지.

인간이란 원래 조그마한 것에 감동하게 마련이므로, 사소한 배려가 상대방에게 감동을 줄 수 있어. 상대방을 위해 조그마한 행동을 하는 습관이 배려하는 마음을 가진 훌륭한 인격자로 만들 수 있을 거야.

겸손은 교만의 반대편에 선 미덕으로 너를 낮추고 상대방을 높이는 거야. 인간은 누구나 교만해지기 쉬운 존재이므로 교만하지 않고 겸손하려고 노력해야 해.

겸손은 상대방의 마음의 문을 열게 하는 고상한 예의이며 삶의 지혜야. "벼는 익을수록 머리를 숙인다"는 말이 있듯이, 네가 인격적으로 성숙해지려면 겸손해야 하는 거야.

겸손은 너를 낮추는 것이 아니라 너를 세우는 것이야. 용기와 힘을 함께 갖춘 사람은 절대 교만하지 않아.

왜 두 개의 귀일까

너는 친구와 대화할 때 말을 많이 하는 편이니? 아니면 듣는 편이니? 나는 비교적 듣기보다는 말하기를 좋아하는 편이야. 요즈음은 듣기에 치중하려고 노력을 하는데 대단한 인내가 필요하더구나. 말을 주의 깊게 듣는 경청은 말하는 것보다 세 배 이상의 에너지가 소비된다고 해. 그러니 경청은 쉽지 않은 것이지.

경청이란 단순히 말을 하지 않고 듣는 것이 아니야. 상대방의 진심을 믿고 받아들인다는 의미가 있어. 마음의 중심이 상대방으로 향하고 있다는 것이지. 경청의 원칙은 상대방을 소중한 인격으로 받아들이는 것으로 상대방에 대한 존중과 격려이며 가치를 인정해 주는 것이야.

인간은 한 개의 혀와 두 개의 귀를 가지고 있어. 이는 말을 하는 것보다는 두 배 더 많이 들으라고 그렇게 만들었다고 하네. 하지만 현대사회에서는 말을 잘하는 것이 경쟁력이라고 여기고 너도나도 자신의 의견을 말하기에 급급할 뿐, 남의 이야기를 들어주려는 사람은 많지 않아. 그러다 보니 오히려 적게 말하고 많이 듣는 사람이 호감을 얻기가 쉬운 것 같아.

경청을 잘하는 것이 인간관계를 잘하는 비결이야. '이청득심以聽得心'이란 말이 있어. '귀 기울여 듣는 것'이 마음을 얻는 지혜라는 뜻이지.

네가 상대방에게 어떤 말을 한다고 해도 상대방은 네가 말하고 싶어 하는 얘기의 절반만큼도 관심이 없는 법이야. 상대방에게 다가서는 지름길은 혀를 먼저 내미는 것이 아니라 귀를 먼저 내미는 거야. 상대방에게 많이 말하게 할수록, 말을 들어주는 시간이 길면 길수록 네게 호감을 느끼게 되지.

말하는 것보다 상대방이 말하는 것을 들을 때 영향력이 확대되므로 무엇을 말해야 할지보다는 무엇을 물어야 할지를 생각해야겠지.

말 잘하는 방법을 가르치는 학원은 많아도 말 잘 듣는 방법을 가르치는 학원은 없는 것 같아. 말하는 요령은 기술이지만 듣기도 자세이며 기술이야. 잘 듣는 것도 훈련이 필요하지.

상대방이 말할 때 무덤덤해서는 안 돼. 감동하는 것도 재능이야. 말의 내용에 따라서 표정을 짓고 웃을 때 같이 웃고 울어야 할 때 같이 울면 감정이 통하지.

상대방이 말하는 것에 대해 세심하게 들으면서 마음속으로 파고들어 가야 해. 말속에는 원인과 결과, 문제와 해답이 있어. 말의 내용과 함께 시선, 동작, 억양, 표정에도 주의를 기울여야 해.

말을 들을 때는 언제나 상대방의 눈을 보아야 해. 상대방의 눈을 보지 않는다는 것은 커다란 결례야. 때로는 맞장구를 치는 것도 중요한데 맞장구는 대화의 하이파이브야. 상대방의 말에 귀를 기울이고 있음을 드러내고 대화에 깊은 유대와 공감의 분위기를 형성하지. 맞장구를 할 때에는 진심을 담아서 해야 해. 과장하거나 건성으로 마지못해 하지 말고 듣는 사람이 기쁘게 행복하게 해 주어야겠지.

네가 하는 말은 네게 아무것도 가르쳐주지 않아. 새로운 것을 배우려 한다면 귀담아들어야 해. 다른 사람의 말을 주의 깊게 들으면 많은 것을 배울 수 있고 독단에 빠지지도 않게 되지. 진정으로 잘 듣기 위해서는 말을 가로막지 말고 다 듣지도 않고 대답하지 말아야 해.

다른 사람과의 대화는 하프를 연주하는 것에 비유할 수 있어. 하프를 잘 연주하려면 현을 하나 켜는 일도 중요하지만, 현을 누르고 그 진동을 억제하는 것도 그에 못지않게 대단한 기술이지. 즉 말을 해야 할 때 말하고 말하지 않고 들어야 할 때는 듣는 것이야.

상대방에게 다가서는 지름길은
혀를 먼저 내미는 것이 아니라
귀를 먼저 내미는 거야.

제3장

꿈의 걸림돌을
제거하라

'처지'가 아니라 '의지'가 중요해

　너는 주변에 나이 든 사람으로부터 자신의 꿈을 가로막았던 것이 처했던 환경이나 상황 때문이었다는 말을 들어본 적이 있니? 집이 가난해서, 장애가 있어서, 좋은 학교를 나오지 못해서 등등 꿈을 이룰 수 없었던 걸림돌로 댄 이유 말이야.

　많은 사람은 자신의 현 위치를 처했던 환경이나 여건 등 처지 탓으로 돌리지. 처지를 탓한다는 것은 자신감이 없는 나약함으로, 이런 자세로는 꿈을 이룰 수 없는 건 당연한 거야. 만약 너도 이처럼 네 꿈을 이루는 조건이 처지에 달려있다고 생각한다면, 네 삶은 처지에 지배당할 수밖에 없어. 꿈을 이룬 사람은 처지를 받아들이고 의지를 갖추고 최선을 다한 사람이야.

　헬렌 켈러는 앞을 보지도 듣지도 못했지만, 마음으로 세상을 아름답게 보았어. 자연의 아름다움 앞에 그의 장애는 문제가 되지 않았지. 나뭇잎의 부드러운 촉감, 소나무의 울퉁불퉁한 껍질, 시원한 시냇물에서 아름다움을 발견하고 사랑했어.

뭔가 부족한 결핍이 있어야 '해보고 싶다', '이루고 싶다'는 간절함이 넘쳐나서 열정적으로 임하게 되는 거야. 즉 결핍이야말로 욕망을 부추기는 원동력이지.

가난은 꿈을 이루는 데 불편할 뿐이지 장애물은 아니야. 세상에는 가난을 딛고 꿈을 이룬 사람이 부지기수야. 위대한 인물을 보면 청소년 시절의 가난이 오히려 의지를 불태워 꿈을 이뤘어. 오히려 가난이 나중에 축복이 된 거지.

마찬가지로 주위를 살펴보면 가난하게 자랐고, 신체적인 장애를 가졌거나, 학력이 낮은 어려운 환경 속에서도 꿈을 이룬 사람이 많아. 반면에 부유하게 자랐고, 학력도 좋고, 신체도 건강하고, 외모가 출중함에도 방탕한 생활로 삶의 나락에 빠진 사람도 많지.

삶에 차이를 가져다주는 것은 처지가 아니라 의지야. 장애물과 벽을 만나면 가슴이 뛰어야 해. 처지를 탓하는 것은 스스로 꿈을 포기하는 것이야. 처지에 굴복하지 않고 처지가 바뀌기를 기다리지 말고, 주어진 처지를 받아들이면서 의지를 불태우면서 대처해야겠지.

삶의 길목에서는 고민, 고통, 불행, 실패 등 갖가지 장애를 만나게 마련이야. 장애물이 가로막을 때, 두려워하여 나약해지거나 좌절하여 주저앉거나 고통으로 여겨 포기해서는 안 돼. 장애물에 걸려 넘어질 것이 아니라 뛰어넘어야 해.

삶에 장애물인 장벽이 나타나는 것은 이유가 있다고 생각해. 장벽은 가로막기 위해서가 아니라 절실히 원하는 무언가를 깨닫게 하기 위함이라고 말이야. 장벽은 무언가를 절실하게 원하지 않는 사람에게는 스스로 제풀에 꺾이게 하여 포기하게 하지.

의지만 갖추면 삶에 있어서 뛰어넘지 못할 장벽은 없어. 벽은 벽이 아니라 뛰어넘기 위해 존재하는 거야. 장벽을 뛰어넘는 시작은 장벽 근처를 배회하거나 피하는 것이 아니라 뛰어넘겠다는 의지이지.

흔히 "고생은 사서도 한다"고 말을 하지만, 내 생각은 일부러 사서 고생할 필요는 없는 것 같아. 주어진 상황을 낫게 바꿀 수 있다면 더 나은 여건에서 노력하는 게 좋다고 생각해. 하지만 그렇게 할 수 없다면, 처지를 받아들이면서 의지를 갖추고 최선을 다하는 수밖에 없겠지.

환경을 탓한다는 것은 스스로 아무런 의지를 발휘하지 않겠다는 것과 마찬가지야. 만약 아직도 의지를 잠재운 채 미적거린다면 너 자신을 탓해야 해. 변화시킬 수 없는 환경 때문이라고 변명하지 말고, 주어진 환경을 받아들이고 융통성 있게 적응하면서 대처해야 해.

'민들레는 화단을 고집하지 않는다'는 영국 속담이 있어. 민들레는 좋은 환경만이 아니라 척박한 토양이나 어떤 환경에서도 잘 적응하여 꽃을 피울 정도로 생명력이 강하지. 씨를 바람에 날려 보내며 그곳이 어느 곳이든 떨어져 환경에 상관없이 끈질긴 자세로 뿌리를 내리고 꽃을 피우지.

사람도 마찬가지로, 민들레처럼 주어진 환경에 적응하고 뚫고 나가는 끈질긴 생존 능력과 정신을 가져야겠지.

너는 집안 형편이 어렵거나 몸이 불편하거나 어떤 어려운 처지에서도 의지를 갖추고 한 걸음씩 더 나아갈 수 있도록 최선을 다해야 해.

보이지 않는 거미줄이 뭔지 아니

　너는 "규칙적인 생활을 하겠다." "운동을 시작하겠다." "악기를 배우겠다." 등등 무슨 일을 하겠다고 마음먹고 제대로 실천하지 않고 작심삼일作心三日로 끝난 적이 있을 거야. 이처럼 무슨 일을 며칠만 하고 그만두는 일이 많은데 이것은 어쩌면 자연스러운 현상이기도 하지.

　그래, 이처럼 어떤 일이든 한 번으로 그치는 것이 아니라 지속해서 하기 위해서는 마음만 먹는다고 이루어지지는 않아. 행동해야 이루어지며 그것도 반복적인 행동을 통해 습관이 되어야 자연스럽게 지속하면서 결실을 볼 수 있는 거야. 그러니 계속된 행동을 하지 않으면 습관이 되지 않고 용두사미龍頭蛇尾로 끝나버리고 마는 거지.

　습관이란 하나의 밧줄과도 같아. 버릇은 처음에는 보이지도 않는 거미줄처럼 가볍지만, 버릇이 반복되면서 습관이 되어 생각과 행동을 묶는 밧줄이 되는 거야. 너는 날마다 그 습관이란 밧줄을 튼튼하게 꼬고 있어. 그러다 보면 그 밧줄이 너무 굵어져서 끊을 수 없게 되고 말지. 습관의 사슬은 거의 느낄 수 없을 정도로 가늘지만 깨달았을 때는 이미 끊을 수 없을 정도로 강력해.

처음에는 자신이 습관을 만들지만, 그다음에는 습관이 자신을 지배하게 되지. 먹고 자는 것에서부터 생각하고 반응하는 것에 이르기까지 어떤 행동이든 습관이 될 수 있어. 습관은 반복을 통해 더욱 자동적이 되지.

습관은 제2의 천성이며 운명의 연결고리야. 생각이 말이 되고, 말이 행동이 되고, 행동이 습관이 되고, 습관이 인격이 되고, 인격이 운명이 된다는 거지. 마치 '나비효과'처럼 말이야. 생각하고 행동하고 성취하는 모든 것들이 습관의 결과로 인생에 변화와 기적을 가져다주는 거야.

공부하는 습관, 인사하는 습관, 옷 입는 습관, 책 읽는 습관, 돈 쓰는 습관, 경청하는 습관, 메모하는 습관, 칭찬하는 습관, 배려하는 습관, 마무리하는 습관, 사물의 이면을 관찰하는 습관 등등 수많은 습관이 모여 인격을 만드는 거야. '좋은 습관'이냐 '나쁜 습관'이냐에 따라서 인생의 수준과 질이 결정되는 거지.

습관은 삶의 동반자야. 습관에 따라서 인생의 성패가 결정되지. 좋은 습관은 꿈의 실현으로 이끄는 열쇠이지만 나쁜 습관은 실패로 가는 문이야. 나쁜 습관은 좋은 습관으로만 정복되므로, 좋은 습관은 더욱 확실하게 네 것으로 만들고 나쁜 습관은 좋은 습관으로 근절시켜야 해.

평소 생활습관을 형성하는 데는 최소 21일 동안 꾸준히 의식적으로 노력해야 한다는 '21일 법칙'이 있어. 이는 인간의 뇌는 충분히 반복되지 않은 행동은 받아들여지지 않으며, 생체리듬으로 자리를 잡는데 최소한 21일이 소요되기 때문이라는 거지. 21일은 생각이 대뇌피질에서 뇌간까지 내려가는 데 걸리는 최소한의 시간이야. 생각이 뇌간까지 내려가면 그때부터 의식하지 않아도 행동하고 실천하는 습관화가 이루어진다는 거지.

연구 결과에 따르면 인간 행동 중 자신이 의식해서 이루어지는 것은 전체의 5%에 지나지 않아. 95%는 습관의 영향을 받아 무의식적으로 이루어지고 있지. 그러므로 좋은 습관을 길러야 해. 꿈을 실현할 수 있는 습관을 형성하고 발휘해야 해.

너는 지금 이성보다는 욕망을 가지고 움직이는 아동기를 지나 자아정체성을 가지고 움직이기 시작하는 청소년이야. 이 시기에 좋은 습관을 길들이지 않으면 평생 고치기 어려워. 그리고 이것이 족쇄가 되어 네 인생을 그르칠 수 있어.

새로운 좋은 습관을 길들이고 나쁜 습관을 바꾸는 것은 대단히 어려운 일이지만, 감수성과 흡수력이 빠른 청소년 시절에 필요한 좋은 습관을 길들여야 해. 습관은 선천적이기보다는 후천적이므로, 필요한 훈련과 노력을 하면서 좋은 습관을 익히길 바란다!

너를 가장 무능하게 만드는 일

우화 하나를 소개할게. 악마들이 인간을 가장 무능하게 만들 수 있는 것이 무엇인지 회의를 했어. 그러자 "몸을 아프게 하는 병을 주는 것입니다", "어떤 일에나 실패하게 하는 것입니다"라는 말 등등이 나왔어. 그러자 한 악마가 자신만만하게 "인간들 가슴에 미루는 마음을 심어두는 겁니다"라고 말했어.

이처럼 너는 "며칠 뒤부터 열심히 공부하겠다", "방학을 하고 나서 운동을 시작하겠다" 등등 여러 결심을 하지는 않니? 만약 그렇게 했다면 그렇게 마음먹은 것 중에서 실행에 옮긴 것은 얼마나 되니?

"다음부터"라는 말은 "안 하겠다"는 말과 다름없는 경우가 많아. "다음에"라는 말은 참 고약한 말로서 이는 가지고 있는 꿈을 스스로 깨는 망치이며 가로막는 장벽이지.

결심해 놓고 지금부터가 아니라 나중에 시작하겠다고 하는 것은 나중에까지의 자기 위안이야. 그때가 되면 이런저런 핑계를 대면서 또다시 "나중에"라고 하면서 미룰 가능성이 높지.

'언젠가'라는 병에 걸리면 안 돼. "언젠가 때가 무르익으면…", "언젠가 그럴 수 있는 상황이 오면…", "아직은 완벽하게 준비를 못 했기 때문에 언젠가…"라고 둘러대지 마. 실행하기 좋은 특별한 날은 없어. 공부하기에, 운동을 시작하기에 좋은 특별한 날이 어디 있어? 시작하는 날이 바로 좋은 날이야.

꿈의 실현은 '결심'만이 아니라 '실행'이어야 해. 그 실행도 '지금부터' '이제부터'가 중요해. '다음에 하자' 하고 미루는 마음이야말로 스스로 무능한 사람으로 만들고 말지. 바로 실행에 옮길 수 있어야 유능한 사람이 되는 거야.

꿈을 이루는 사람과 결심만 하는 사람을 구분하는 기준은 '행동' 여부야. 꿈을 이루는 사람은 행동하면서 실천하는 사람이고, 꿈을 이루지 못하는 사람은 결심만 하고 행동에 나서지 않는 사람이야.

공부도 마찬가지야. 공부하겠다고 해놓고 하지 않고 내일부터 공부하겠다고 말하는 것은 하지 않겠다고 말하는 것과 마찬가지야. 백 번 결심만 하면 아무 소용없어. 아무리 좋은 공부 방법을 가지고 있어도 실천하지 않으면 나쁜 성적을 거둘 수밖에 없지. 공부하기로 마음먹었으면 행동에 옮기는 것이 공부를 잘하는 비결이야.

꿈을 이루는 사람은 '오늘'이라는 손과 '지금'이라는 발을 가지고 재빠르고 효율적으로 움직이지만, 꿈을 이루지 못하는 사람은 '내일'이라는 손과 '다음'이라는 발을 가지고 핑계를 대면서 미루는 습관을 지니고 있지. 꿈을 이루기 위해서는 지금 여기서 할 수 있는 일을 해야만 해. 스스로 어떤 결심을 할 때마다 "당장 하자! 당장 하자! 당장 하자!"라고 거듭 외쳐.

네게 미루면 되지 않는다고 이렇게까지 말하면서도 나도 결심만 하고 미루는 경우가 있어. 내가 글을 쓸 때 바로 써야지 하면서도 이 생각 저 생각으로 미루는 거지. '생각이 정리되면…' '자료가 다 모이면…' 하고 차일피일 미루는 거야. 머릿속은 '빨리 글을 쓰기 시작해야지…' 하는 생각이 뒤엉키면서 말이야.

그런데 생각이 덜 정리되고 자료가 덜 모였다고 하더라도, 막상 글을 쓰기 시작하면 탄력이 붙어서 글을 쓰는 가운데 생각도 떠오르고 어떤 자료가 필요한지 효율적으로 챙기게 되더구나. 그래서 흔히 말하는 "시작이 반"이라는 말이 맞는 것 같아.

네가 해야 하고 할 수 있는 일이라면 무조건 일단 시작해 봐. 행동은 그 자체에 마법과 같은 힘을 지니고 있어. 일단 시작하면 길이 보이면서 시작하기 전에 예상하지 못했던 긍정적인 일들이 일어날 거야. 영감도 마찬가지야. 영감을 기다리지 말고 행동을 하면 영감이 스스로 떠오르게 되는 경우가 많아.

꿈을 이루는 사람은
행동하면서 실천하는 사람이고,
꿈을 이루지 못하는 사람은
결심만 하고 행동에 나서지 않는 사람이야.

꿈을 실현하기 위해서는 주어지는 상황에 대하여 얼마나 빠르게 잘 대처하느냐에 달려있어.

빌 게이츠는 "현대사회는 생각의 속도까지 다투는 시대다. 디지털 시대에 속도가 성패의 관건이다"라고 했어. 하지만 바람직한 방향으로 빨리 가야지 엉뚱한 방향으로 빨리 가기만 하면 아무 소용이 없지. 옳은 방향으로 빨리 가는 것이 꿈을 실현하는 경쟁력이야.

"언제나 그렇게 해왔다"고 하지는 않니

네가 스스로 생각하기에 교과목에 따른 주안점이 바뀔 때마다 공부하는 방법에 변화를 주고 있니? 예전에 내가 청소년 시절에는 영어는 독해 위주로 문법이나 숙어에 신경을 많이 썼어. 그런데 요즈음은 생활영어 중심으로 회화가 중요하더구나.

다른 과목도 마찬가지야. 시대의 변화나 상급학교 진학 시험의 출제 경향에 따라 수시로 많은 변화를 겪지. 그때마다 너는 이런 변화의 추세에 따라 공부하는 방식에 능동적으로 변화를 주어야 겠지.

생활하는 방식이나 사물을 바라보는 생각의 접근 방식에도 변화를 주고 있니? 아니면 "그건 언제나 그렇게 해 왔어", "친구들도 저렇게 하고 있어", "지금 잘 되고 있는데 괜히 새로운 방식을 시도했다가 손해만 보는 것 아니야?" 하면서 평소에 하던 방식을 고수하고 있지는 않니? 이는 시대의 변천이나 상황의 변화에 따라 행동하는 것이 아니라 타성에 젖어 행동하는 것이지.

인생을 그저 그렇게 쉽게 보내고 싶다면 세상의 변화에는 아랑

곳하지 않고 잘 되던 기존의 방식이나 다른 사람이 하는 방법을 고수하면서 살아가면 돼. 그렇게 되면 수동적인 삶이 되고 경쟁력이 없는 삶이 되고 마는 거야.

꿈을 이루는 데 방해가 되는 주요한 요인은 네게 익숙한 영역에 머물려는 사고야. 쉽고 편한 것, 해왔던 것에만 머물면 독이 되고 쇠사슬이 되는 거지. 똑같은 일을 비슷한 방식으로 계속하면서 나아질 것을 기대하는 것만큼 어리석은 일은 없어.

인간은 누구나 자기 생각이나 지금까지 살아오면서 익숙해진 행동 방식을 고수하려는 경향이 있어. 이를 심리학에서는 '안주 지대Comfort Zone'라고 하는 데 편안함을 느끼는 영역이나 익숙한 생활양식을 고수하려는 것이지. 한번 안주 지대에 들어가게 되면 계속 머물고 싶어 하는 심리가 발동하는 거야.

이처럼 일상생활에서 편안한 안주 지대를 선호하는 것은 당연할 수 있지만, 급변하는 현대사회에서 현재 상태를 고수하는 것은 치명적인 장애가 될 수 있지. 현재에 머물면 계속 낡은 것이 되고 말아. "지금 잘 되고 있는데 왜 새로운 방식을 취하라고 하느냐?" 하면서 타성에 젖으면 어떤 발전도 기대할 수 없어.

네게 익숙한 방식만 고집하면 발전할 수도 없고 변화에 적응할 수도 없어. 항상 생각을 폭넓게 하고 네 생각이 틀릴 수도 있다고 여기면서 창조적인 생각과 행동을 하는 습관을 들여야 해. 그래야 네가 앞으로 성장하면서 급속하게 변화하는 사회 물결을 받아들이고 적응하면서 발전할 수 있어.

미래가 손짓하는 곳으로 가기 위해서는 안주 지대에서 툭툭 털고 벗어나야 해. '안주 지대'라는 요람에 머무는 한 결코 꿈을 이룰 수 없기에 그 유혹에서 벗어나야 하는 거야. 새롭고 낯선 것을 자극제로 받아들여야 해.

피 끓는 너는 타성에 젖지 말고 새로운 방식을 끊임없이 추구하는 특질을 가져야 하지 않겠어? 그래야 누구도 흉내 낼 수 없는 창조성이 발현될 것이며, 너만의 독창적인 삶을 영위할 수 있을 거야.

변화는 구호가 아니라 실천이야. 빌 게이츠가 "나는 힘이 센 강자도 아니고, 두뇌가 뛰어난 천재도 아니다. 날마다 새롭게 변했을 뿐이다. 그것이 나의 성공 비결이다. 'change변화'의 g를 c로 바꿔보라. 'chance기회'가 된다"고 말했듯이 변화 속에 반드시 기회가 숨어있어.

변화 속에 기회를 잡기 위해서는 낡은 사고와 습관과 방식을 버리고 새로움을 채택해야 해. 지속해서 변화에 능동적으로 대처하면서 아름다운 미래를 맞이해야겠지.

공부하는 방법 등 모든 생활방식을 변화하는 상황에 맞춰서 변화시키고, 생각하는 방식까지도 변화에 맞춰야 해. 네가 꿈을 실현하기 위해 '앞으로 무슨 일을 할까'를 결정하는 것도 '앞으로 세상이 어떻게 변화할까'를 예측하면서 해야 해.

피 끓는 젊은 너는 급변하는 세상을 겁먹지 말고 받아들이고 주저하지 말고 행동하면서 기회를 창출해야겠지.

완벽함은 사소함에서 나오는 거야

    너는 세계 에어쇼에서 최고 기량을 자랑하는 대한민국 비행단 블랙이글을 알 거야. 그 블랙이글 소속 비행기 한 대가 2012년 11월 담당 정비사의 황당한 실수로 추락하여 안타깝게도 조종사가 사망했어.

    추락 원인은 담당 정비사가 항공기의 상승과 하강을 조정하는 장치의 정확한 계측을 위해 꽂았던 차단선을 뽑지 않은 과실 때문이었지. 어찌 보면 고도의 항공기 정비에 비하면 극히 단순하면서도 미미한 과실이 엄청난 사고로 연결된 것이야. 사고의 원인이 이렇게 판명되자 담당 정비사의 상관은 책임을 느끼고 스스로 목숨을 끊었어.

    너도 잘 알 거야. 사회에서 벌어지는 수많은 사고가 극히 사소한 부주의에서 비롯된 것임을 말이야. 커다란 강둑도 바늘구멍 하나로 무너지고 벽돌 한 장이 부족하여 공든 탑이 무너지는 거야.

코끼리가 달려들면 몸을 피해서 도망칠 수 있지만, 모기로부터는 몸을 피할 수가 없듯이 아주 조그마한 일이 화근이 되는 경우가 많아. 사소한 실수나 단순한 말 한마디, 행동 하나, 극히 경솔한 판단 때문에 패가망신하거나 대형 사고를 일으키는 경우가 비일비재하지.

대단한 일이나 사건만이 성공과 실패, 행복과 불행을 가름하는 것이 아니라, 사소한 일이나 사건에 의해 삶이 판가름 나는 경우가 허다해. 작은 일을 소홀히 취급하는 바람에 큰일을 그르치게 되는 것이 다반사야.

무시해도 좋을 사소한 일에 매달려 고민하다가 인생을 낭비할 수도 있지만, 주의를 기울여야 할 사소한 일을 무시하여 인생의 소중한 기회를 잃어버릴 수가 있어. 눈앞의 큰 문제에 대해서는 과감히 대결하면서도 조그마한 일에 대해서 가볍게 생각하거나 잊어버려서는 안 돼.

미켈란젤로가 전람회에서 자신의 작품에 대해 미세한 부분 하나하나를 가리키면서 이 부분 하나하나까지 신경을 써서 섬세하게 작품을 만들었다고 설명하자, 관람자가 "하지만 그건 어디까지나 사소한 부분 아닙니까?"라고 물었어. 그러자 미켈란젤로는 "사소한 부분이 모여 완벽함이 나옵니다. 하지만 완벽함은 결코 사소한 문제가 아니죠"라고 대답했지.

위대한 미술 작품도 작은 터치 하나하나가 모여 이루어진 것처럼 사소한 것들이 모여 위대함을 만들지. 작은 빗방울이 모여 내를 이루고 강을 이루고 대해를 이루듯이, 꿈의 실현은 수많은 작은 일들이 모여서 점진적으로 이루어지는 거야.

작은 일을 통해 자질과 수양의 정도와 진실한 면모가 드러나는 거야. 작은 일에 성실한 사람은 큰일에도 성실하지만, 작은 일을 소홀히 하는 사람은 큰일도 소홀히 하여 그런 사람에게는 큰일이 아예 주어지지 않아.

작은 일에 충실해야 꿈을 이룰 수 있어. 작은 일을 이루지 못하면 큰일도 이루어지지 않고 꿈의 실현도 멀어지는 거야. 꿈을 실현한 사람은 조그마한 일에도 세심한 노력을 기울였어. 그 조그마한 일이 쌓이고 쌓여서 꿈을 이룬 거야.

작은 일도 무겁게 생각해야 해. 세부적인 사항에 집착하고 작은 일을 꼼꼼히 챙겨야 해. 큰일뿐만 아니라 작은 일, 바로 발밑에서 일어나고 있는 일을 끝까지 점검하고 거기에도 최선을 다해.

조그마한 일까지도 중시하면서 세심하게 일을 처리하는 섬세함의 습관은 중요해. 섬세함에 관한 방정식은, 100-1은 99가 아니고 0이야. 1%의 실수가 100% 실패를 부르지. 0.9를 열 번 곱하면 0.349가 되듯이 1이 아닌 0.9의 완성도를 유지하여 10번의 과정을 거치면 겨우 0.35 정도의 결과밖에 얻을 수 없어. 이것이 계속 반복되면 결국 0이 될 수밖에 없지.

섬세함을 놓치면 꿈을 놓치는 거야. 전장과 다름없는 세상에서 세심한 면까지 신경을 써야 해. 작은 일의 소중함을 결코 지나쳐서는 안 돼. 조그마한 부주의, 사소한 방심, 몸에 밴 타성을 경계해야겠지.

마지막 마무리가 중요해. 마무리에서 승패가 좌우됨을 명심하고, 모든 것을 다했다고 느껴질 때 한 번 더 챙겨.

혀는 칼과 같아

　너는 따뜻한 말 한마디로 친구를 사귄 적이 있니? 반면에 사소한 한마디의 말실수로 친구와 다툰 적이 있니? 그리고 너는 말조심하라는 말을 많이 들었을 거야. 말 한마디가 너를 행복하게 하기도 하고 불행하게도 하지.

　말이란 혀를 어떻게 사용하느냐에 따라 달라지지. 혀는 칼과 같아. 잘 쓰면 보검이지만 잘 못 쓰면 비수가 되는 거지. 시퍼렇게 날이 선 칼과 같은 혀를 정말 잘 써야 해.

　정겨운 말 한마디가 힘들어하는 친구에게 용기를 주어 꿈을 향해 나아가게 할 수 있지만, 잘못된 말 한마디는 분노를 일어나게 하여 싸움으로 번지기도 하지. 이것이 두고두고 불씨를 낳아 사회에 나와 동창회에서 만나도 말 한마디 건네지 않는 경우도 있어. 칼에 찔린 상처는 나아도 말에 찔린 상처는 쉽게 낫지 않는 거야.

　"입술의 30초가 가슴의 30년이 된다"는 말이 있어. 순간적인 말 한마디가 가슴에 오래도록 새겨진다는 뜻이야. 그러니 말 한마디를 할 때에도 신중을 기해야겠지.

사람의 혀는 야수와 같아서 고삐가 풀리면 묶어두기가 어려워. 원래 귀는 닫도록 만들어지지 않았지만 입은 언제나 닫을 수 있게 되어 있잖아. 현명한 사람은 생각을 마음에 감추지만 어리석은 사람은 생각을 무심코 내뱉지. 불쑥 말해 버리는 사람은 생각이 마음에 머물지 않으니 내면이 텅 비어있는 사람이야.

너는 유명한 정치인이 한순간의 말실수로 일생일대의 지울 수 없는 치욕을 당하면서 정계에서 영원히 물러나는 모습을 보았을 거야. 이 밖에도 무심코 내뱉은 말이 불씨가 되어 큰일로 번지는 사례가 얼마나 많은지 잘 알고 있겠지?

말은 입 밖으로 나오는 순간부터 발이 달린 것도 아닌데 살아서 움직이지. 일단 내뱉은 말은 취소할 수 없고 지울 수도 없어. 시간이 지나면 없어지는 것도 아니야.

네게 이런 경우가 있었는지 모르겠는데 뒤에서 한 말은 나중에 빌미가 되어 화근이 될 수 있어. 말이 돌고 돌면서 크게 부풀어 올라 말한 너를 되레 공격하는 무기가 될 수 있으니, 당사자가 없는 자리에서는 말하지 마.

말을 하고자 할 때에는 신중에 신중을 기해야 하는 거야. 섣불리 입을 열기보다는 말하기 전에 한 번 더 신중하게 생각해. 말하기 전에 잠시 뜸을 들이는 것만으로도 해결의 실마리를 찾고 당혹스러운 상황에서 벗어날 수 있어.

말을 너무 적게 해서가 아니라 너무 많이 해서 후회하는 경우가 많아. 말을 많이 하면 반드시 필요 없는 말이 섞여 나오기 쉬워. 말하는 것을 독점하다시피 하면 말을 잘한다는 것이 아니라 상대방을 배려할 줄 모르는 독선적인 사람으로 취급받을 수도 있어.

때로는 아예 침묵하는 것이 좋을 수도 있어. 하지만 마땅히 말해야 할 때에는 당당히 말해야 해. 말해야 할 때 말하지 않는 사람은 용기가 없는 사람으로서 전진할 수 없는 사람이야.

요즈음 소통을 매우 강조하고 있는 것을 잘 알 거야. 물론 SNS의 발달로 소통 수단이 다양하지만, 무엇보다도 말이 소통 수단의 으뜸이야. 어쩌면 네가 살아가는 모든 것이 말에 따라 이루어진다고 해도 과장은 아니지.

그러니 말을 해야 하는 상황에서 어떤 내용을 어떤 태도로 하는가는 매우 중요해. 인간관계에서 말을 다스리는 능력을 갖춰야 꿈을 이루는 데 유용하기 때문이지.

아무리 실력이 있고 태도가 좋아도 말하는 내용과 방법이 적절하지 않으면 소용이 없어. 말할 때에는 내용을 가지고 흥분하지 않고 부드러운 목소리로 말해야 해. 그래야 상대방의 마음을 편안하게 하면서 뜻이 정확하게 전달될 수 있어.

그리고 합리적인 말만 할 것이 아니라 감성을 섞어서 가슴에 호소하는 말을 해야 해. 말을 듣는 상대방은 가슴을 흔드는 말을 기억하고 감동하면서 마음이 움직이지.

내가 예전에 기업 입사 면접을 하면서 질문을 하고 첫마디 대답을 들어보면, 실력과 품성을 대충 알 수 있었어. 사용하는 단어나 문장, 언어 구사력, 말하는 태도를 보면 말이야.

말이 인격이고 실력이야. 입 '구口' 3개가 모이면 '품品' 자가 되는데, 사람의 품격은 입에서 나온다는 뜻이야. 말을 해야 할 때에 어떤 내용으로 어떤 방식으로 할 것인지를 몸에 익혀야 해. 적절한 단어와 내용 있는 화술로 품격 있는 사람이 되도록 실력과 태도를 갖추어야겠지.

현명한 사람은 생각을 마음에 감추지만
어리석은 사람은 생각을 무심코 내뱉지.

너는 오답 노트를 가지고 있니

나는 지금까지 많은 다양한 실수와 실패를 겪으면서 살아오고 있어. 실수와 실패를 할 때마다 비슷한 실수와 실패를 하지 않아야겠다고 마음먹지만, 또다시 같은 실수와 실패를 하여 낭패를 당한 경우도 있었지.

너는 시험에서 아는 문제를 실수로 틀린 적이 있을 거야. 그때는 굉장히 억울한 기분이 들기 마련이지. 그런데 이런 실수를 하지 않아야겠다고 결심하지만, 또다시 똑같은 실수를 반복하는 경우는 없니?

또 네가 원하는 상급학교 진학에 실패했을 수도 있고 앞으로 할 수도 있을 거야. 이런 때 긴 인생의 여정에서 진학 시험에 실패한 것을 마치 네 꿈을 이루는데 결정적인 실패로 받아들이지는 않니?

시험에서 틀린 문제를 또다시 틀리는 것처럼 같은 실수를 반복하는 것은 주의력 부족으로 스스로 용납할 수 없는 일이야. 요즈음 틀린 문제의 이유를 분석하여 다시는 뼈아픈 실수를 반복하지 않기 위해서 '오답 노트'를 작성한다더라. 실수에서 무언가를 배우고 같은 실수를 되풀이하지 않아야겠지.

　청소년인 너는 실패는 몰라도 실수를 저지르면서 살아갈 거야. 앞으로 성장하면서 실수와 실패는 더욱 많이 다양하게 겪기 마련이야. 그럴 때 너 자신의 실수를 인정하는 것이 배움과 교훈을 얻는 첫걸음이지. 그럼에도 불구하고 "이런저런 상황 때문에 그럴 수밖에 없었다"면서 변명하는 것은 실수나 실패에서 아무런 반성을 하지 않는 행위이지. 이런 자세로는 같은 실수를 반복하게 되어있어.

　실수나 실패를 하게 되면 먼저 자신의 책임을 인정하고, 철저하게 반성하고, 그 원인을 냉정하게 분석하고, 개선책을 내고, 실천해야 해. 이런 과정을 거쳐야 같은 실수를 반복하지 않게 되고 발전하게 되는 거야.

　꿈을 이룬 사람은 실수나 실패를 적게 하는 사람이 아니야. 실수나 실패를 교훈으로 삼아 삶의 지혜를 얻고 발상의 전환을 통해 새로운 것을 창조해나간 사람이야. 네게 실수나 실패가 꿈을 실현하기 위해 어떻게 해야 하는지를 알려주는 고마운 일로 받아들이고 가능한 모든 배움을 얻어야 해.

　누구나 꿈을 이루는 과정에서 수많은 실패를 겪게 되지. 인생에서 중요한 것은 실패하지 않는 것이 아니라 실패해도 좌절하지 않고 다시 일어나는 데 있어. 하지만 실패한 모든 사람이 다시 일어설 수 있는 것은 아니야. 실패에 굴복하여 포기하면 그냥 실패로 끝나고 마는 거지. 실패에 주저앉느냐 꿈을 향해 다시 일어서느냐는 네 선택에 달려있어. 실패에서 어떤 길을 선택하느냐가 인생의 중대한 갈림길이야.

꿈을 이루기 위해 실패가 발목을 잡도록 하면 안 돼. 실패의 상황에서 포기를 거부하고 끈기를 가지고 노력을 기울여야 해. 꿈의 실현은 넘어질 때마다 일어나는 사람에게 오는 거야. 숱한 실패가 모여 꿈을 이루는 거지. 다시 일어서는 의지가 있어야 해.

네가 꿈을 이루려면 실패를 두려워해서는 안 돼. 실패의 두려움에 마음을 빼앗기면 꿈을 이루기 위한 일을 시도할 수가 없어. 설령 시도했다고 해도 실패의 두려움을 느끼고 있는 상태에서 꿈을 이룰 확률이 낮아지게 마련이야. 꿈을 이루려면 일시적인 실패로 인해 괴로울 수도 있고 연속적으로 실패할 수 있다는 것도 예상해야 해.

네가 프로야구와 프로농구를 좋아하는지 모르겠는데 야구에서 삼진을 두려워하면 홈런 타자가 될 수 없으며 농구에서 노골이 두려워 슛을 던지지 않으면 골을 넣을 수 없지. 홈런타자들은 많은 홈런을 치는데 비례하여 많은 '삼진아웃'을 당하고 병살타를 치지. 관중들은 홈런 치는 것에 환호하지만, 삼진을 많이 당한 것에 대하여는 기억하지 않아. 홈런타자는 삼진을 당한 이유를 분석하고 연습하여 또다시 홈런을 치지.

너도 마찬가지야. 네가 인생에서의 홈런인 꿈을 이루기 위해서는 그 과정에서 겪는 소소한 실패에 대해서는 개의치 말고 실패원인을 분석하고 실력을 쌓아나가야 해. 대개 홈런타자가 일반타자보다 많은 삼진을 당하듯이 꿈을 이룬 사람은 많은 실패와 때로는 끔찍한 실패를 겪지만, 다시 일어선 사람이야.

야구선수가 삼진을 당하지 않는 유일한 방법은 타석에 나서지 않는 것이지. 그러면 홈런도 안타도 삼진도 당하지 않겠지. 이처럼 실패하지 않는 가장 좋은 방법은 아무것도 시도하지 않는 것이야. 그러면 꿈을 이루기는커녕 그 무엇도 얻을 수 없어. 투자하지 않고서는 그 어떤 수익도 불가능한 것처럼 말이야. '시도하지 않으면 얻는 것도 없다'는 것은 영원한 진리야.

인생은 등산하는 것과 같아서 오르막이 있고 내리막이 있어. 너는 산 정상에 오르는 것과 같은 꿈의 실현을 향해 올라가다가 넘어질 수도 있어. 하지만 실패의 그림자 앞에 고개를 떨어뜨리고 어깨가 축 처져 있을 것이 아니라, 넘어질 때마다 일어나서 다시 올라가야 하는 거야.

실패하는 것이 불명예가 아니라 다시 도전하지 않는 것을 불명예로 여겨야 해. 패기에 넘친 너는 실패를 두려워하지 말고 시도해야 하는 거야. 실패하는 순간마다 너 자신을 추슬러 꿈을 향해 한발 더 다가서야 해.

누구에게나 많은 고민거리가 있어

네게 주위에서 "부모님이 열심히 뒷바라지해주는데, 공부만 열심히 하면 되지 고민은 무슨 고민이 있느냐"고 말하거나 윽박지르지는 않니? 하지만 누구에게나 나름의 고민은 있게 마련이야. 아마 너도 가정형편, 성적, 장래 희망, 진학, 전공, 친구 관계, 이성 친구 등등 많은 고민거리를 가지고 있겠지.

고민이 없는 사람은 아무도 없어. 피 끓는 청소년인 너는 하고 싶고 원하는 것은 많은데 현실적인 여러 문제와 제약으로 마음대로 되지 않으니 고민이 있을 수밖에 없겠지. 고민은 현실에 만족하지 않을 때 생기는 거야. 바라는 것을 이루지 못하거나 못할 것 같은 상실감과 두려움에서 비롯되지.

고민이 고통스러운 것은 언제까지 지속할지 모르는 두려움 때문이야. 하지만 고민은 그저 지나가게 되어 있어.

어떤 일을 하고자 할 때 아무런 고민도 하지 않고 태평스럽게 생각한다면 거기에 무슨 발전이 있겠어? 고민하는 가운데 해결책이 생기고 발전이 이루어지는 거지. 그러니 고민이 없으면 발전할 수 없고 꿈을 이룰 수도 없는 거야.

고민은 꿈을 이루는 원동력이라고 생각하고 고민 속에서 배움을 얻고 미래를 설계하는 것이 지혜로운 마음가짐이야. 강한 사람은 고민 속에서 어떻게 행동하여 결과를 만들어내느냐로 평가받아.

고민은 해결할 생각이 없을 때 나타나는 현상일 수도 있어. 고민만 하고 아무런 노력을 기울이지 않는 것은 인생의 낭비야. 성적에 대해 고민만 하고 열심히 공부하지 않으면 성적에 대한 고민이 떠나지 않을 것은 불을 보듯 뻔하지.

고민거리가 생겼을 때 가장 최악의 선택은 고민만 하는 것이야. 고민거리를 마음속에서 곱씹고 되새김질하면서 '이렇게 할 수 있었는데…, 저렇게 해야 했는데…' 하면서 후회와 탄식을 하고 자책할 게 아니라, 해결을 위해 무엇을 해야 하며 무엇을 할 수 있는지를 생각해야 해. 고민하는 시간에 해결책에 몰입하면서 행동해야 하는 거야.

삶에서는 한 고민거리가 해소되면 새로운 고민거리가 생겨나지. 어쩌면 죽음과 동시에 고민거리가 없어지는 거야. 그래서 살아있는 동안에는 누구에게나 고민거리가 있으며 고민은 바로 살아있음의 증거이지. 그래, 고민거리가 있다는 것은 살아서 무언가를 하고 있다는 것을 증명하므로, 삶 자체가 고민의 연속임을 인정해야 해.

앞으로 네가 성장함에 따라 고민거리는 점점 더 늘어날 거야. 건강, 일, 경제력, 인간관계 등 굳이 예를 들지 않더라도 삶을 영위하면서 고민해야 할 일이 더욱 많아지는 거지.

그런데 말이야, 아무리 인생이 고민의 연속이라고 해도 고민거리를 고민하면 괜찮지만, 고민거리가 아닌 것을 고민하는 것은 정신과 시간의 낭비야. 네게 지금 고민거리가 있다면 과연 그것이 고민할 가치가 있는지 생각해 봐. 정말 중요한 일을 고민하고 있는지 말이야.

고민거리가 되지도 않는 일을 고민거리로 만들지 말고, 일어나지도 않을 미래의 일에 대해 고민하지 마. 만약 이런 일로 고민하다가 시간이 지나면 '그때 별것도 아닌 것을 가지고 왜 내가 고민을 했지?' 하면서 스스로 겸연쩍은 생각이 들 거야.

몇 년 전 베스트셀러였던 《시크릿》이란 책을 보면, 평소에 하는 말이나 생각이 에너지가 되어 그대로 실현된다고 되어 있어. 이 이론대로라면 고민할 필요가 없는 것을 쓸데없이 고민한다면 고민하는 대상이 삶에 들어오게 된다는 거야. 지금 일어나지도 않은 일을 가지고 괜한 고민거리를 만들어 자꾸 그 일에 대하여 생각하고 말하면 실제로 고민거리가 되어 나타나게 된다는 것이지.

내 경우에 고민을 하지 않아도 되는 일을 고민하다 보니 실제로 고민했던 일이 벌어지기도 했어. 편하게 마음먹어야 하는데 그게 이론이나 말처럼 쉽지는 않더구나. 하지만 바라지 않는 것에 골몰하여 고민하지 말고, 바라는 일, 고민할 가치가 있는 일에 대하여 고민하고 말하고 상상하고 노력해야겠지.

삶에서 고민이 없을 수 없지만 지나친 고민은 하지 마. 지나친 고민은 더 큰 고민을 낳는 거야.

삶의 아름다운 지우개

너는 "전에는 공부를 잘했는데 지금은…", "그 친구를 사귀지 않았더라면 지금은…", "노력을 하지 않았기 때문에 이렇게 되어 버렸어.", "왜 그런 행동을 했을까?" 등등 지나간 일을 후회하는 경우가 많지는 않니?

사람의 마음은 과거를 쉽게 내려놓지 못하며, 아니 내려놓지 않으려고 하는 것 같아. 나도 지나간 과거의 일을 돌이켜보면서 회한에 젖는 경우가 많은 편이야. 그렇게 하지 않으려고 노력은 하지만, 관련된 일이 생기면 불쑥불쑥 생각이 나곤 하지.

그런데 가만히 생각해보니 마음만 상하고 신경만 쓰일 뿐 아무 소용이 없고 부질없는 일이더구나. 왜냐하면, 과거를 곱씹으며 그리워하거나 후회해도 되돌릴 수 없기 때문이지. 과거에 좋은 일이 있었건 나쁜 일이 있었건 과거는 과거일 뿐이야. 과거는 이미 죽은 거지.

인생의 여정에서 과거에 집착해서는 안 돼. 잘못을 바로잡기 위해, 실수나 실패를 되풀이하지 않기 위해, 받은 은혜에 감사하고 보답하기 위한 경우를 제외하고는 과거를 되돌아보아서는 아무 소용도 이득도 없어.

과거가 어쨌든, 무슨 일이 일어났든 과거의 어느 것도 바꿀 수가 없어. 현재 자신의 모습을 인정하고 받아들일 수밖에 없는 거지. 지난 일은 지난 일일 뿐이라고 훌훌 털어버리고, 항상 새로운 마음으로 살아가야겠지.

잊는다는 것은 인생의 아름다운 지우개로 죽은 과거와 상처와 허물을 지우는 거야. 그러면 새하얀 캔버스처럼 깨끗한 마음에 새로운 사랑과 희망의 싹이 다시 돋아나겠지. 인생의 칠판을 지난날의 짐으로 채워 넣었다면 깨끗이 지우고 현재의 생각들을 그려나가야 해.

너를 위한 삶을 창조할 수 있는 사람은 오직 너밖에 없어. 네게 중요한 것은 '지금 여기서 무엇을 할 것인가?' 생각하고 행동하는 거야. 과거는 '지금'을 위한 준비라고 여기고, 더 나은 존재가 되기 위해 지금 이 순간 현재에 몰입해야 해.

지금 일어나고 있는 일들에 집중해야 해. 인생은 과거가 아닌 현재에 있으므로 바로 지금 이 순간의 삶에 충실해야겠지. 현재에 충실하기 위한 방법은 과거에 집착하지 않고 긍정적인 생각으로 꿈의 실현을 위한 해결책에 몰두하는 거야.

삶은 창조하는 것으로 끊임없이 새로워지는 거야. 과거를 내려놓고 잊어버려야 해. 과거에 얽매이면 현재는 관심에서 멀어지고 결국 가장 중요한 '지금'이라는 시간을 잃어버리게 되지. 현재를 짓누르는 과거에 일어난 일을 후회하는 마음의 껍질을 벗어던져야만 해.

과거에 대해 아쉬워하거나 후회하는 것은 현재 상황에 만족하지 못하기 때문이야. 현재 상황에 만족한다면 과거가 현재의 밑거름이라고 생각하고 미련을 가질 리가 없겠지. 불만족스러운 현재를 외면하고 과거에 매달리는 것은 올바로 사는 방법이 아닌 것 같아.

성적이 좋았던 시절이나 몸이 날씬했던 시절 등 과거를 그리워하니? 과거가 정말로 지금보다 좋았다면 왜 좋았는지 그 이유를 분석하고, 앞으로 그에 못지않은 시절을 만들기 위해 지금부터 노력하겠다는 결심을 해.

과거는 돌이킬 수 없으므로 집착하지 않아야 하는 거야. 바꿀 수 없는 것을 바꾸려 하거나 후회할 시간에 현재에 충실한 행동을 하는 것이 진정으로 바른 방법이야. 중요한 목표와 과제에 여념이 없으면 과거의 잡념이 생길 틈이 없는 거지. 가슴을 두근거리게 하는 목표를 생각함으로써 과거의 부정적인 생각을 무력화시켜야 해.

문제를 마음속에서 곱씹으며 '이렇게 할 수 있었는데, 저렇게 해야 했는데' 식으로 자책할 것이 아니라, '문제의 해결책은 무엇일까? 다음에는 무엇을 할까?'를 생각하는 거야.

과거를 떠올리며 곱씹는 과정을 거치면서 부정적인 생각은 계속 자라지만, 긍정적인 생각은 지금의 상황을 낙관하면서 해야 할 일을 생각하게 하는 거야.

잊는다는 것은 인생의 아름다운 지우개로
죽은 과거와 상처와 허물을 지우는 거야.

세상에서 가장 무서운 병

너는 죽고 싶다는 생각이 든 적이 있니? 많은 대한민국 청소년들이 자살 충동을 느끼고 있으며 청소년의 자살률이 OECD 국가 중에서 1위야. 정말 있어서는 안 되는 심각한 상황이고 현상이지. 나는 나라의 미래를 짊어지고 갈 청소년이 좌절과 절망에 빠져 스스로 목숨을 끊는 현실에 대해 나이 든 사람으로서 깊은 우려와 함께 자괴감을 느끼고 있어.

얼마나 힘들었으면 그런 선택을 하겠느냐고 할지 모르겠지만, 결론적으로 말해 시련은 누구에게나 있게 마련이며 그런 힘든 상황이 오더라도 누구나 그런 선택을 하지는 않아. 극단적인 선택은 절대 하지 말아야 해.

시련의 고통을 불굴의 의지로 이겨낸 위인들을 들먹이지 않더라도, 수많은 평범한 사람들이 견디기 힘든 다양한 고통과 슬픔과 고독을 이기며 살아가고 있어. 절대 충동에 빠져 잘못된 선택을 해서는 안 되는 거야.

아무리 어렵고 견디기 힘든 고통이라도 긴 인생의 여정에서 보면 그것은 삶의 한 과정에 불과해. 톨스토이가 "추운 겨울 꽁꽁 얼었던 땅도 봄이 오면 어머니의 젖가슴처럼 보드랍게 변하거든. 인생도 그런 것이야. 끝나지 않을 것 같은 절망의 터널도 언젠가는 빛을 보게 돼 있거든. 따라서 지금 상황이 좋지 않다고 결코 절망할 필요가 없어"라고 말했듯이, 시간과 환경이 바뀜에 따라 시련은 지나가게 되어 있어.

삶은 조각 퍼즐과도 같아서 지금 겪고 있는 어려움이 삶의 여러 조각 중 어디에 속하는지는 세월이 지나야 알 수 있어. 지금은 견딜 수 없을 정도로 고통스러운 일도 결국 삶을 풍부하고 깊이 있고 의미 있게 만든 힘이 되었다는 것을 깨닫게 될 거야.

세상에서 가장 무서운 병은 암이나 에이즈나 백혈병이 아니라 절망감이야. 절망의 골이 깊어지면 스스로 목숨을 끊을 정도로 무섭지.

사람은 어떤 시련 앞에서도 희망을 품으면 이를 극복하려는 용기가 생기지만, 절망해 버리면 모든 것을 포기해 버리고 말지. 절망해 버리는 사람에게 절망은 모든 것이 솟아날 구멍이 없는 막힌 천장인 거지.

절망의 끝자락에 붙어 있는 것이 희망이야. 아무리 힘든 절망의 벼랑 끝에서도 희망의 끈을 놓아서는 안 돼. 절망이라는 사방이 꽉 막힌 벽 앞에서도 희망을 품어야 해. 아무리 힘든 상황이라도 희망의 끈이 없는 경우는 없어.

절망적인 상황이 닥치면 긍정적인 생각이 아니라 부정적인 생각을 하기 쉬워. 감정의 변화와 기복이 심한 청소년기에 감정을 잘 다스리고 돌보아야 해.

자신의 감정과 생각들에 대해서 깨어있는 자세로 주의 깊게 관찰해야겠지. 분노, 불만, 불안, 불신, 미움, 혐오, 질투, 슬픔, 고민, 우울 등 불행의 나락으로 떨어질 수 있는 감정을 잘 살피고 긍정적인 생각으로 대체해야겠지. 자신의 강점을 발견하고 새로운 활로를 모색하는 긍정적인 생각을 가지고 해결을 위해 노력해야 해.

상황을 객관적이고 명료하게 바라보고 최선을 다해 이겨내야 해. '어떻게 하면 회복할 수 있을까?'에 골몰하면서 적극적으로 대처해야겠지.

러시아 속담에 '유리는 해머에 깨지지만, 강철은 더욱 단단해진다'는 말이 있듯이, 절망에 굴복하면 절망의 해머에 의해 유리는 산산조각이 나는 것이지만 강철과 같은 단단한 희망을 품고 있다면 더욱 강해질 수 있어. 진정으로 강한 사람은 절망에서 희망을 품고 극복하는 사람이야.

절망적인 상황에서 혼자서 힘들어하지 말고 부모님, 선생님, 친구 등과 활발한 대화와 소통을 해야 해. 아무리 무기력해지고 사람을 대하기가 귀찮고 힘들어도 말이야. 다시 일어설 수 있는 것은 자신의 노력과 함께 인간관계에서 이루어지는 거야. 움츠리지 말고 활발하게 행동하는 것이 필수적인 요소야.

결코, 혼자서 해결하려고 하지 말고 도움을 받을 수 있는 지인들에게 다가가야 해. 자존심을 내세우거나 오기를 발동하지 말고 마음을 열고, 부탁하는 것을 부끄러워하지 마. 부탁을 통한 관심과 배려와 손길이 절망의 굴레에서 벗어나 다시금 희망의 발걸음을 걸을 수 있게 할 거야.

어려움에 부닥쳐 고통스러울 때면 랜터 윌슨 스미스의 시 한 구절인 '슬픔이 그대의 삶으로 밀려와 마음을 흔들고 소중한 것들을 쓸어가 버릴 때면 그대 가슴에 대고 가만히 말하라. 이것 또한 지나가리라'를 읊조려.

편안한 마음을 유지하기는 쉽지 않아

너는 침착한 편이니? 아니면 쉽게 흥분하고 화를 잘 내는 편이니? 피 끓는 청소년인 네가 침착성을 유지하기란 말처럼 쉬운 일이 아니란 걸 잘 알고 있어.

세상을 살면서 흥분하고, 분노하고, 고민하고, 불안해하면서 살아가지 않는 사람이 누가 있겠어? 인간은 일희일비하고, 흥분하기 쉽고, 어려움에 부닥치면 마음이 동요하고, 혼란에 빠지면 평정심을 유지하기가 어렵지. 그러므로 가능한 한 마음의 안정을 위해 노력하면서 살아가는 수밖에 없는 거야.

마음은 수많은 채널이 있는 텔레비전과 같아서 선택하는 채널대로 순간순간의 마음 상태가 되지. 분노를 켜면 분노하는 마음이 되고, 평화와 기쁨을 켜면 평화롭고 기뻐하는 마음이 되는 거야.

원망이나 분노가 치밀어 오를 때, 고민과 불안에 휩싸일 때, 변명이나 주장을 하고 싶을 때, 슬픔이나 놀람으로 마음이 흔들릴 때, 마음의 평화인 평정을 유지하기란 참으로 쉽지가 않아.

평정이란 마음이 맑고 생생한 움직임이 들어차 있는 상태야. 상황이나 조건에 따라 마음이 흔들리고 출렁이는 것이 아니라 가라앉아 있는 것이지. 평정을 위해서는 마음의 평온을 유지해야 해.

누구나 살아가면서 "억만금이 생긴다고 해도 마음 편한 것이 최고다"라고 말을 하면서도 집착하는 마음을 가지고 행동하는 경우가 많아. 마음을 내려놓고 집착하지 않아야 평정을 유지할 수 있는 데도 말이야.

집착하지 않을 때, 삶에 일어나는 일들에 갇히지 않고 편안한 마음으로 내려다볼 수 있어. 집착하지 않는다고 해서 꿈을 실현하기 위해 노력하지 않아도 된다는 말이 아니야. 무엇에 지나치게 얽매이지 말라는 뜻이지. 집착하면 객관성을 잃기 쉬워서 제대로 된 의사결정도 할 수 없고 바람직한 행동도 할 수 없으니 좋은 결과가 나올 리도 없는 거야.

구겨진 종이에 그림을 그릴 수 없듯이 마음이 가라앉기 전에 행동을 취해서는 안 돼. 두려움은 지나치게 수비적인 행동을, 분노와 초조함은 경솔한 행동을, 자만은 도가 지나친 행동을 유발하기 때문이야. 마음이 평온해야 현실적이고 객관적인 감각으로 예리하게 판단하고 침착하게 행동할 수 있어.

평정을 가능한 한 잃지 않고 유지하기 위해서는 훈련이 요구되고 체험이 필요하다고 하는구나. 마음이 평온해졌던 경험이나 행복했던 순간을 떠오려 봐. 현재 마음의 평안을 주는 것은 무엇인지, 삶을 유쾌하게 만드는 것은 무엇인지 생각해 봐. 이와 같은 경험을 떠올리거나 생각이 반복될수록 더욱 깊은 평온을 체험할 수 있을 거야.

나는 책을 읽거나 글을 쓸 때 몰입이 되면서 마음이 안정되지. 이 일은 시간에 구애받지 않고 언제나 할 수 있어서 참 좋아. 특히 글을 쓸 때는 마침표 하나까지 신경을 써야 하므로 몰입하지 않을 수가 없어. 때로는 목욕탕에서 욕탕 주위를 오랜 시간 뱅뱅 돌면 마음이 안정되고 여러 가지 글감이 떠오르지.

사람들에 따라 운동을 하거나 영화를 보거나 게임과 같은 정신적인 자극이 필요하지 않은 일을 즐기거나, 기도나 사색이나 명상을 통해 부정적인 감정을 몰아내고 긍정적인 감정으로 가득 채우거나, 빗소리나 바람 소리를 듣거나 하늘에 흘러가는 구름을 보는 일과 같은 단순한 일에의 집중을 통해 마음의 평정을 유지하지.

평정심은 꿈을 이루기 위한 필수 덕목이야. 꿈을 이룬 사람은 일이 잘 돌아갈 때나, 어려울 때에도 일희일비하지 않고 평정심을 유지하지. 인간이 누릴 수 있는 최상의 행복인 마음의 평화를 중심 목표로 삼아 계획을 세우고 실행해 나가야 해.

구겨진 종이에 그림을 그릴 수 없듯이
마음이 가라앉기 전에 행동을 취해서는 안 돼.

학교폭력은 절대 있어선 안 돼

아래 내용은 같은 반 학생들의 협박과 폭행을 견디다 못해 아파트에서 투신자살한 청소년이 남긴 유서인데, 곰곰이 읽어 봐.

제가 그동안 말을 못했지만, 매일 라면이 없어지고, 먹을 게 없어지고, 갖가지가 없어진 이유가 있어요. 제 친구들이라고 했는데 ○○○하고 ○○○이라는 애들이 매일 우리 집에 와서 절 괴롭혔어요. 매일 라면을 먹거나 가져가고 쌀국수나, 용가리, 만두, 수프, 과자, 커피, 견과류, 치즈 같은 걸 매일 먹거나 가져갔어요.

3월 중순에 ○○○라는 애가 같이 게임을 키우자고 했는데 협박을 하더라고요. 그래서 제가 그때부터 매일 컴퓨터를 많이 하게 된 거예요. 그리고 그 게임에 쓴다고 제 통장의 돈까지 가져갔고, 매일 돈을 달라고 했어요. 그래서 제 등수는 떨어지고, 2학기 때쯤 제가 일하면서 돈을 벌었어요. (그 친구들이) 계속 돈을 달라고 해서 엄마한테 매일 돈을 달라고 했어요. 날이 갈수록 더 심해지고 담배도 피우게 하고 오만 심부름과 숙제를 시켰어요.

게다가 매일 우리 집에 와서 때리고 나중에는 ○○○이라는 애하고 같이 저를 괴롭혔어요. 키우라는 양은 더 늘고, 때리는 양도 늘고, 수업시간에는 공부하지 말고, 시험문제 다 찍고, 돈 벌라 하고, 물로 고문하고, 모욕하고, 단소로 때리고, 우리 가족을 욕하고, 문제집을 공부 못하도록 다 가져가고, 학교에서도 몰래 때리고, 온갖 심부름과 숙제를 시키는 등 그런 짓을 했어요.

12월에 들어서 자살하자고 몇 번이나 결심했는데 그때마다 엄마 아빠가 생각나서 저를 막았어요. 그런데 날이 갈수록 심해지자 저도 정말 미치겠어요. 또 밀레 옷을 사라고 해서 자기가 가져가고, 매일 나는 그 녀석들 때문에 엄마한테 돈 달라 하고, 화내고, 매일 게임을 하고, 공부 안 하고, 말도 안 듣고 뭘 사달라는 등 계속 불효만 했어요. 전 너무 무서웠고 한편으로는 엄마에게 너무 죄송했어요. 하지만 내가 사는 유일한 이유는 우리 가족이었기에 쉽게 죽지는 못했어요.

시간이 지날수록 제 몸은 성치 않아서 매일 피곤했고, 상처도 잘 낫지 않고, 병도 잘 낫지 않았어요. 또 요즘 들어 엄마한테 전화해서 언제 오느냐는 전화를 했을 거예요. 그 녀석들이 저한테 시켜서 엄마가 언제 오느냐고 물은 다음 오시기 전에 나갔어요.

저, 진짜 죄송해요. 물론 이 방법이 가장 불효이기도 하지만 제가 이대로 계속 살아있으면 오히려 살면서 더 불효를 끼칠 것 같아요. 남한테 말하려고 했지만, 협박했어요. 자세한 이야기는 내일쯤에 ○○○이나 ○○○이란 애들이 자세하게 설명해줄 거예요.

오늘은 12월 19일, 그 녀석들은 저에게 라디오를 들게 해서 무릎을 굶기고 벌씌웠어요. 그리고 5시 20분쯤 그 녀석들은 저를 피아노 의자에 엎드려놓고 손을 봉쇄한 다음 무차별적으로 저를 구타했어요. 또 제 몸에 칼등을 새기려고 했을 때 실패하자 제 오른쪽 팔에 불을 붙이려고 했어요. 그리고 할머니 칠순잔치 사진을 보고 우리 가족들을 욕했어요.

저는 참아보려 했는데 그럴 수가 없었어요. 걔들이 나가고 난 뒤, 저는 저 자신이 비통했어요. 사실 알고 보면 매일 화내시지만, 마음씨 착한 우리 아빠, 나에게 베푸는 건 아낌도 없는 우리 엄마, 나에게 잘 대해주는 우리 형을 둔 저는 정말 운이 좋은 거예요.

제가 일찍 철들지만 않았어도 저는 아마 여기 없었을 거예요. 매일 장난기 심하게 하고 철이 안 든 척했지만, 속으로는 무엇보다 우리 가족을 사랑했어요.

아마 제가 하는 일은 엄청나게 큰 불효인지도 몰라요. 집에 먹을 게 없어졌거나 게임을 너무 많이 한다고 혼내실 때, 부모님을 원망하기보단 그 녀석들에게 당하고 살며 효도도 한 번도 안 한 제가 너무 얄밉고 원망스러웠어요.

제 이야기는 다 끝이 났네요. 그리고 마지막 부탁인데, 그 녀석들은 우리 집 문 키 번호를 알고 있어요. 우리 집 문 열쇠 번호 좀 바꿔주세요. 저는 먼저 가서 100년이든 1000년이든 우리 가족을 기다릴게요.

12월 19일 전 엄마한테 무지하게 혼났어요. 저로서는 억울했지만, 엄마를 원망하지는 않았어요. 그리고 그 녀석들은 그날 짜증이 난다며 제 영어자습서를 찢고 3학년 때 수업하지 말라고 ○○○은 한문, ○○○는 수학책을 가져갔어요. 그리고 그날 제 라디오 선을 뽑아 제 목에 묶고 끌고 다니면서 떨어진 부스러기를 주워 먹으라 하였고, 5시 20분쯤부터는 아까 한 이야기와 똑같아요.

저는 정말 엄마한테 죄송해서 자살도 하지 않았어요. 어제(12월 19일) 혼날 때 엄마의 모습은 절 혼내고 계셨지만 속으로는 저를 걱정하시더라고요. 저는 그냥 부모님한테나 선생님, 경찰 등에게 도움을 구하려 했지만, 걔들의 보복이 너무 두려웠어요.

대부분 학교친구는 저에게 잘 대해줬어요. 예를 들면 ○○○, ○○○, ○○○, ○○○, ○○○, ○○○, ○○○, ○○○, ○○○, ○○○, ○○○, ○○○, ○○○, ○○○, ○○○, ○○○ 등 솔직히 거의 모두가 저에게 잘해줬다고 해도 과언은 아니에요. 저는 매일매일 가족들 몰래 제 몸의 수많은 멍을 보면서 한탄했어요.

항상 저를 아껴주시고 가끔 저에게 용돈도 주시는 아빠, 고맙습니다. 매일 제가 불효를 했지만 웃으면서 넘어가 주시고, 저를 너무나 잘 생각해주시는 엄마, 사랑합니다. 항상 그 녀석들이 먹을 걸 다먹어도 나를 용서해주고, 나에게 잘해주던 우리 형, 고마워. 그리고 항상 나에게 잘 대해주던 내 친구들, 고마워. 또 학교에서 잘하는 게 없던 저를 잘 격려해주시는 선생님들, 감사합니다.

우리 집 문 열쇠 번호를 바꿔주세요. 걔들이 알고 있어서 또 문열고 우리 집에 들어올지도 몰라요.

모두 안녕히 계세요.

아빠, 매일 공부 안 하고 화만 내는 제가 걱정되셨죠? 죄송해요.

엄마, 친구 데려온답시고 먹을 걸 먹게 해준 제가 바보스러웠죠? 죄송해요. 형. 매일 내가 얄밉게 굴고 짜증나게 했지? 미안해. 하지만 내가 그런 이유는 제가 그러고 싶어서 그런 게 아니란 걸 앞에서 밝혔으니 전 이제 여한이 없어요.

저는 원래 제가 진실을 말해서 우리 가족들과 행복하게 사는 게 꿈이었지만 제가 진실을 말해서 억울함과 우리 가족 간의 오해와 다툼이 없어진 대신, 제 인생 아니 제 모든 것들을 포기했네요.

다시는 가족을 못 본다는 생각에 슬프지만 저는 오히려 그간의 오해가 다 풀려서 후련하기도 해요. 우리 가족들, 제가 이제 앞으로 없어도 제 걱정 없이 앞으로 잘 살아가기를 빌게요.

우리 가족이 행복하다면 저도 분명 행복할 거예요. 걱정하거나 슬퍼하지 마세요. 언젠가 우리는 한 곳에서 다시 만날 거예요. 아마도 저는 좋은 곳은 못 갈 거 같지만, 우리 가족은 꼭 좋은 곳으로 갔으면 좋겠네요.

매일 남몰래 울고 제가 한 짓도 아닌데 억울하게 꾸중을 듣고 매일 맞던 시절을 끝내는 대신 가족들을 볼 수가 없다는 생각에 벌써 눈물이 앞을 가리네요. 그리고 제가 없다고 해서 슬퍼하시거나 저처럼 죽지 마세요. 우리 가족들이 슬프다면 저도 분명히 슬플 거예요. 부디 제가 없어도 행복하길 빌게요.

- 우리 가족을 너무나 사랑하는 막내 ○○○ 올림-

P.S. 부모님께 한 번도 진지하게 사랑한다는 말 못 전했지만 지금 전할게요. 엄마, 아빠 사랑해요!!!

♣

유서를 읽은 느낌이 어때? 한 생명이, 바로 네 또래의 한 청소년이 같은 반 학생의 폭력을 견디다 못해 스스로 목숨을 끊은 현실을 어떻게 받아들이니?

유서 내용이 정말 충격적이야. 있을 수도 없고, 있어서도 안 되는 일이었어. 이런 충격적인 폭행과 가혹 행위는 성인 사회의 조폭조차 흉내 내지 않는 흉악한 범죄 행위야. 학교폭력이 이렇게까지 잔인하다니, 한숨과 함께 분노가 치밀어 오르는구나.

학교폭력이 남녀 학생을 불문하고 일어나고 있고 직접적인 폭력 외에도 폭력에 의한 사적 심부름도 횡행하고 있다고 하니 심각한 정도를 넘어섰어.

빵을 사오라고 강요당하는 피해자를 일컫는 '빵 셔틀'이라는 은어도 빵과 컴퓨터 게임에 등장하는 수송비행선의 이름을 조합한 신조어라고 하더구나. 심지어 돈을 가져오라고 강요하는 '돈 셔틀', 가방을 들어주는 '가방 셔틀', 숙제를 해주는 '숙제 셔틀', 안마를 해주는 '안마 셔틀'도 있다고 하니 기가 찰 노릇이야.

폭력은 절대 있어서는 안 되는 일이야. 폭력을 행사하면 정신을 망가뜨릴 뿐만 아니라 삶을 망가뜨리게 돼. 남학생의 경우 학교 다닐 때의 학교폭력이 나중에 군에 가게 되면 군대폭력, 사회에 나가면 사회폭력, 결혼해서는 가정폭력으로 이어지는 거지. 이렇게 하면 꿈의 실현이나 행복 추구는 고사하고 삶과 인생을 완전히 망가뜨리게 되는 거지.

여러 방송에서 김천소년교도소에서 수감 생활을 하는 재소자들을 비춰주는 프로그램을 방영했어. 재소자들은 학교폭력을 비롯한 각종 범죄를 저지른 네 또래의 청소년들이야. 한창 꿈을 펼치기 위해 노력해야 할 시기에 철창 속에 갇힌 모습들…. 반성과 후회와 속죄의 눈물을 흘리는 장면을 보면서, 왜 자제하지 못하고 죄를 저질렀는지 안타까운 마음이 들더구나.

죄를 저질러 놓고 아무리 잘못을 뉘우친 들 무슨 소용이 있겠어? 청소년 시절에 범죄를 저질러 전과자가 되었다는 사실이 앞으로 삶을 살아가는데 얼마나 많은 상처가 되겠어? 스스로 자괴감이 들뿐만 아니라 사회생활에도 많은 제약이 있어. 어쩌면 평생 전과자라는 낙인이 뒤따를 거야.

너는 절대로 폭력을 행사하지는 않겠지만, 만약 폭력을 당하면 혼자서 해결하지 말고 반드시 신고해야 해. 망설이거나 두려워할 필요가 없어. 부모님과 선생님께 알리고 상의하는 게 우선이야. 부득이한 사정으로 알릴 수 없다면 인터넷이나 전화로 경찰, 교육 기관, 학교폭력 예방 단체에 신고해야 해.

꿈을 가진 청소년은 방황할 틈이 없어. 꿈을 실현하기 위해 노력을 쏟기에도 바쁜데 학교폭력이니 방황이니 하는 말이 귀에 들어올 리 없겠지.

피 끓는 청소년인 너는 마음과 행동을 다스리고 돌보아야 해. 그 열정을 꿈의 실현을 위해 쏟으면서 전진 또 전진할 것을 믿어.

정신적인 귀마개

네가 관통하고 있는 청소년기를 질풍노도의 시기, 피 끓는 시절이라고 흔히 말하지. 신체적으로 정신적으로 많은 변화를 겪으면서 좌충우돌하기 쉬운 시기야. 이 시기를 잘 보내지 않으면 낭패를 당하거나 인생에 커다란 생채기를 내게 되지.

순간적인 잘못으로 인생에 씻지 못할 멍에를 짊어지고 살아갈 수 있어. 순간적인 잘못에는 어떤 것이 있다는 것을 구체적으로 나열하지 않아도 네가 잘 알 거야. 자제력을 발휘하여 충동이나 분노를 누그러뜨려야 해.

자제력은 자신의 감정이나 욕망을 스스로 억제하는 힘이야. 충동이나 분노에 굴복하지 않고 단호히 버텨내는 다른 형태의 용기이지.

신중하고 분별 있는 자제가 지혜의 근원이야. 이상적인 인간의 요소 가운데 한 가지는 완벽한 자제야. 어떠한 상황에서도 남을 모욕하지 않으며, 어떤 이유로도 원한을 품지 않으며, 다른 사람에게 원한을 사지도 않으며, 자기에게 동의하지 않는 사람을 증오하지 않지. 동의하지 않는 이유를 이해하려고 애쓰며, 그렇게 함으로써 이익을 얻어.

너는 완벽한 자제를 통한 이상적인 인간은 아니더라도 균형감각을 가지고 충동적이지 않아야 해. 감정을 조절하면서 냉정함과 조심성을 유지해야겠지.

꿈을 실현하기 위해서는 너 자신의 마음을 다스리고 돌보아야 해. 마음에 따라 행동이 결정되므로 마음을 통제할 수 있어야 하는 거야. 스스로 마음을 제어하고 조절할 수 있는 내적 성찰에 귀를 기울여야 해.

인간에게는 누구나 다섯 가지의 잘못된 마음이 있어. 이익을 보면 달려들고, 미인을 보면 애정을 느끼며, 음식을 보면 탐욕을 내고, 안일을 보면 몸을 눕히고. 어리석은 사람이나 약자를 보면 속이지.

하지만 인간은 전후를 살피는 존재야. 자제는 인간이 동물과는 다른 덕목 가운데 하나로, 동물보다 나은 존재가 되려면 본능적 충동에 저항해야겠지.

자제력을 잃으면 인간은 정신적 자유를 상실하게 되는 거야. 세상의 흐름에 휩쓸려 다니게 되고 충동과 욕망의 노예가 되어 유혹을 뿌리치지 못하고 무릎을 꿇게 되지.

탐욕과 이기심과 자만은 자제력의 결여가 초래할 수 있는 위험스런 형태야. 또한, 자신감은 꿈을 이루는데 필수 요건이지만, 자제력이 없는 자신감은 아주 위험해. 자칫 자만으로 흘러서 낭패를 보기 십상이지.

너는 매사에 자제력을 발휘하여 삼가야 할 때는 삼갈 줄 알아야 해.

삶을 영위하면서 정신적인 귀마개를 가지고 다녀야 해. 호기심이 발동하는 청소년 시절에 쓸데없거나 유혹하는 이야기를 들을 때는 이 정신적인 귀마개를 사용해야겠지.

듣기 싫은 소리를 들었다고 해서 자제하지 못하고 흥분하여 분노하면 낭패를 당할 수 있어. 증오 · 질투 · 시기 · 두려움 · 원한 등의 파괴적인 감정에 휘말리지 않아야 해. 새로 나온 스마트폰 등 어떤 물건을 사지 못해 안달하거나, 연예인 등 어떤 사람에 대해 무절제하게 열광하지 않아야 해. 균형감각을 가지고 매사에 임해야 하는 거야.

자제력을 갖춘 사람은 자기 기분에 끌려서 의사결정을 하거나 행동을 하지 않아. 갖가지 감정을 한데 모아 놓고 경중을 따져 의사결정을 하지. 또한, 자신의 의지가 그 행동을 지배하도록 하며 그 행동이 자신을 지배하도록 내버려두지도 않아.

너 자신을 조절하고 통제하여 다스릴 수 있어야 해. 자제는 체계적인 훈련과 반복적인 연습으로 기를 수 있어. 꾸준한 자기 분석과 내적 성찰을 통해 자신을 다스리고 돌보는 훈련을 반복해야겠지. 자제력을 길러 의지를 단련시키고 올바르게 행동해야 해. 너 자신을 스스로 다스리는 자기 경영을 해.

제 4장

꿈의 실현을 꿈꿔라

가장 중요한 대상은 너 자신이야

네가 세상에 태어남과 동시에 씨앗 하나가 심어졌어. 그 씨앗은 바로 너만의 독특한 고유성이야. 너는 이 세상에서 한 사람밖에 없는 유일하고 특별한 존재야. 그럼에도 너는 "나는 다니는 학교도 변변치 않고, 머리도 명석하지 않고, 외모도 그저 그렇고, 집안 형편도 별로 좋지 않고…" 등등의 이유를 늘어놓으면서 너 자신을 비하하고 있지는 않니?

만약 이렇게 생각하고 행동한다면 남들로부터 인정받지 못할 거야. 네가 너를 사랑하지 않는데 남들이 너를 인정하지 않는 것은 당연한 일 아니겠어? 너 자신을 별 볼 일 없는 사람으로 생각하는데, 어떻게 즐거운 마음으로 생활해 나갈 수 있으며 가치 있는 일을 할 수 있으며 앞으로 나아갈 수 있겠어?

너 자신에 대해 어떻게 생각하고 있는지 즉 자신에 대한 이미지가 즐겁게 생활하느냐 우울하게 생활하느냐가 앞으로 잘되느냐 잘못되느냐의 출발점이야.

명품은 비교할 수 없으므로 명품이지. 다른 사람과 비교하지 말고 자신을 있는 그대로 받아들이고 너 자신만의 존귀한 가치를 찾아 나아가야겠지.

삶에서 가장 중요한 대상은 바로 '자기 자신'이므로 너 자신을 사랑하는 것은 매우 중요해. 자기 사랑을 해야 자신을 존중하고 능력을 믿는 자긍심으로 무장되어 열심히 활동해 나갈 수 있는 거야.

자긍심은 자신을 이해하고 받아들이고 사랑하는 마음이야. 네 현재 모습과 가치를 인정하여 어떤 일을 해낼 수 있는 유능한 존재로 여기는 것이지. 자긍심은 '나는 너보다 낫다'가 아니라 '나는 나로서 좋다'고 하면서 스스로 자신의 능력을 인정하는 거야.

너는 너 자신이 '괜찮은 사람'이라고 스스로 생각하니? 만약 네가 너 자신을 괜찮은 사람이라고 생각하지 않는다면 어느 누가 너를 괜찮은 사람으로 봐 주겠어. 우선 너 자신을 믿고 '나는 괜찮은 사람'이라고 생각해야 해. 이것은 바로 '자기 신뢰'로 스스로 칭찬하는 것이지.

너 스스로 자신에 대해 좋은 점들을 인정하고 살리고 발휘하면서 생활해야 해. 그리고 자신에 대한 건전한 이미지를 생각하면서 그렇게 되도록 노력해야 하는 것은 당연한 일이겠지.

너 자신이 실력이 있고 예의 바르고 능동적인 사람이라고 생각하고 실행해 나가면서 그것이 네 몸에 배도록 한다면 자긍심은 점점 더 커 나가겠지. 자긍심이 커 나가면 자신감도 점점 더 발휘되어 좋은 성과를 얻을 수 있는 거야.

이처럼 자신에 대한 자긍심으로 무장한다면 자신을 믿게 되어 어떤 부정적인 상황이 오더라도 능히 이겨낼 수 있는 거야. 예를 들어 시험을 쳤는데 성적이 약간 좋지 않게 나왔다고 하더라도 자신의 실력을 믿는다면 다음번에서 잘할 수 있다는 자신감과 각오가 생기는 것이지.

자긍심이 없다면 아무리 재능을 가지고 있다고 하더라도 소용이 없어. 자긍심이 있어야 열심히 노력하게 되어 변화와 발전을 이룰 수 있는 거야.

하루를 시작하면서 거울을 보고 "나는 나를 사랑한다"고 말하고, '나는 지혜롭고 실력을 갖추고 건강하다. 점점 더 발전하면서 기대하는 방향으로 나아가고 있다'는 자기 확신을 마음에 새겨야 해.

자긍심을 가지라고 해서 현재 너 자신의 능력을 과대평가하라는 것은 아니야. 자신의 능력을 과대평가하는 것은 자만이야. 자긍심과 자만은 달라. 자만하는 사람은 다른 사람을 깎아내리거나 자신의 능력을 과대평가하여 비뚤어진 자신감으로 성과를 내기가 힘들 수밖에 없어.

자긍심은 무턱대고 가질 수 있는 것이 아니야. 끊임없는 자기 관찰과 자기 계발로 스스로 인정할만한 능력을 갖추고 있어야 가능한 것이지.

솔직한 자세로 나만이 가지고 있는 독창적인 재능과 능력은 무엇인지, 내가 가지고 있는 단점과 취약한 점은 무엇인지 자신에게 물어봐.

너 자신이 어떤 면에서 뛰어난지, 어떤 면에서 부족한지를 알고 있어야 해. 어떤 재능을 알게 되면 이를 더욱 육성하고 발전시켜야 하며, 단점이나 취약한 점은 보완하기 위해 노력을 기울여야겠지.

아침에 눈을 뜨면 무엇이 있나

토머스 칼라일의 시 〈오늘〉에 이런 구절이 있어.

'여기 흰 날이 왔다/ 낭비하지 말라/ 영원에서 이날은 나왔고/ 밤이 되면 영원으로 돌아간다/ 이날을 미리 본 눈이 없고/ 보자마자 사라져버린다'

이 시의 내용처럼 삶에 가장 소중한 선물은 시간이야. 아침에 눈을 뜨면 마술처럼 24시간이 가득 차 있어. 누구나 선물 같은 1,440분, 86,400초를 매일 자동으로 공급받고 있지. 죽을 때까지 시간이 계속 배급된다는 것은 기적이야.

시간은 빌릴 수도, 고용할 수도, 구매할 수도 혹은 더 많이 소유할 수도 없는 독특한 자원이야. 시간은 살아 있는 동안에만 주어지는 것이므로 현재의 이 시간은 더할 수 없는 보배야. 시간의 중요성은 청소년 시절뿐만 아니라 인생을 살면서 새겨야 할 과제야.

시간이 삶을 지배해. 시간은 곧 인생이야. 왜냐하면, 시간은 인생을 구성하는 중요한 재료이기 때문이지. 인간은 시간에 의해 살고, 또 시간 속에서 살아가고, 생을 마치는 거야.

시간은 죽을 때까지의 남은 재산 중에서 가장 소중한 재산이지. 공평하게 주어진 시간이라는 이 자본금을 잘 활용해야 기회를 만들 수 있고 꿈을 이룰 수 있어.

시간을 어떻게 활용하는가는 전적으로 네 몫이야. 인생을 사랑한다면 시간을 낭비하지 말아야 해. 인생은 유한한데, 시간이 무한정 있는 것처럼 살면 안 돼. 주어진 삶의 시간은 한정되어 물처럼 바람처럼 흘러가는 거야.

오늘은 어제 세상을 하직한 이들이 그토록 갖기를 갈망했던 내일이야. 시간이란 한번 가버리면 다시는 돌아오지 않아. 나이를 먹을수록 주어진 삶의 시간은 계속해서 줄어들고, 이에 반비례하여 시간의 가치는 점점 더 높아지지.

이 세상에서 가장 정확하고 엄격한 것이 시간의 흐름이야. 과속으로 달리는 법도 없고 속도를 늦추거나 지체하는 일도 없어. 세상이 어떻게 변하건 인간이 어떤 인생을 영위하건 시간은 어김없이 흘러가지. 살아있는 동안 시간은 멈추지 않고 흘러가고 모든 것은 지나가는 거야. 단 한 번뿐인 인생은 흘러가는 시간을 어떻게 보내느냐에 달려있어.

세월이 지난 뒤에 보면 어떤 사람은 성공하였고 어떤 사람은 낙오자가 되어있는 것을 보게 될 거야. 주요 원인은 주어진 시간을 잘 활용했는지, 그렇지 않고 허송세월을 보냈는지에 따라 결정된 경우가 많아.

네가 시간을 쓰는 방식을 보면 어떤 것에 진정한 가치를 두면서 중요하게 생각하고 있는지를 알 수 있어. 투입하는 시간의 분량과 그 시간을 어떻게 활용하는가에 따라서 어떤 사람인지, 무엇을 원하는지, 어떤 인생을 이루고 싶어 하는지를 알 수 있는 거야.

기쁘고 행복한 하루, 반면에 덧없는 하루는 어떻게 시간을 보냈느냐의 결과이지. 시간을 재미있게 느끼게 하는 것은 활동이야. 반면에 견딜 수 없이 지루하게 하는 것은 게으름이지.

덧없이 보낸 시간은 아무리 후회해도 다시 오지 않아. 시간은 체계적으로 사용함으로써 아낄 수 있으므로, 시간을 잘 활용하기 위해서는 계획적으로 사용해야 해.

"시간이 없어서"라는 말을 입에 달고 다니지는 않니? 내가 지금까지 살아오면서 느낀 점에 비추어 보면 삶에서 '시간 부족'이라는 말은 핑계인 것 같다는 생각이 들어. 인생에서 시간을 잘 활용하기만 하면 무엇이든 하고자 하는 일을 할 수 있어.

앞으로 살아가면서 바쁘다는 핑계를 댄다면 더 바쁜 가운데 더 많은 일을 해내는 사람들이 있음을 명심해야 할 거야. 그들은 똑같이 주어진 시간을 단지 효율적으로 사용하고 있는 거지.

시간이 많으면 오히려 나태해질 수 있으며 바쁜 가운데에서는 반드시 먼저 처리해야 할 중요한 일이 떠오르지. 나태를 낭만으로 생각한다면 시간을 방목하는 것이며 인생을 낭비하는 것이야.

"시간이 없어서", "나중에"라는 변명은 어리석고 못난 변명이야. 일을 제대로 하지 않은 것은 시간이 없어서가 아니라 의지가 없었기 때문이지. 당장 처리해야 하는 일은 미루지 말고 지금 바로 해.

꿈의 실현은 외양적인 것만이 아니야

인격에 관한 이야기를 하려니까 무슨 도덕군자 같은 말을 하느냐고 할지 모르겠어. 하지만 세상이 과열 경쟁과 물질 추구로 인간성이 메말라가고 있어. 그래서 나라를 짊어지고 나갈 청소년인 네가 인격을 연마하는 것이 개인적으로나 사회적으로 바람직하다는 생각이 들어서 그래.

너는 꿈을 실현하기 위해 불타는 열정을 가지고 있을 거야. 그 불타는 열정이 목표지상주의가 되어서 인성이 파괴되어서는 안 돼. 수단과 방법을 가리지 않고 목적만을 달성하겠다는 생각과 행동은 인간성을 파괴해. 꿈의 실현은 외양적인 것만이 아니라 인격도 함께 완성되어야 그것이 참다운 꿈의 실현이야.

인격은 고결한 재산이야. 인생에서 중요한 것은 인격을 갖추어 '참 인간'이 되는 것이지. 네가 보기에도 겉은 번지르르한데 속은 텅 비어있는 사람이 있을 거야. 그런 사람은 허세를 부리지만 생각의 깊이가 없으므로 대화를 하다 보면 금방 말문이 막혀 버리지. 너는 속이 꽉 찬 내면을 키워 품위 있는 사람이 되어야 해.

인격을 갖추면 더 나은 방향으로 발전할 수 있지만, 인격을 갖추지 못하면 나쁜 방향으로 퇴보할 수 있어. 인격을 갖추어야 그릇이 큰 사람이 될 수 있지. 배포 있는 행동을 하면서 상대방을 너그럽게 받아들이면서 실수에 관대함을 보이거나 눈감을 줄도 알지.

인격은 외적 여건이 아니라 당당함, 자부심, 자제력, 지적능력, 예의 같은 내적 조건에서 나오는 거야. 인간은 완성된 채로 태어나는 것이 아니므로 날마다 조금씩 인격 완성을 위해 노력해 나가야겠지.

인격은 훈련의 산물이므로 너도 노력하기에 따라서 얼마든지 인격자가 될 수 있어. 스포츠맨이 매일 근육을 단련해야 몸매를 유지할 수 있듯이, 마음을 다잡지 않으면 깜짝할 사이에 타락하고 말아. 어떤 자세로 살아갈 것인지를 스스로 자신에게 물으면서 삶의 자세를 바로잡아야겠지.

노력 없이는 인격을 훌륭하게 다듬을 수 없으므로 지속해서 너 자신을 가다듬는 노력이 있어야 해. 자아를 관찰하고 조절하며 단련하는 훈련이 필요하지. 옳다고 생각하는 규칙들을 지키면서 근면, 덕행과 선행이라는 훌륭한 자질을 키워야 해.

인격을 갖춘 사람의 참모습은 어려운 일을 당했을 때 나타나지. 삶에는 고민이나 불안, 슬픔, 실패, 시련이 있기 마련이야. 인격을 갖춘 사람은 힘든 여건에서도 자존심을 지키면서 긍정적인 생각으로 이겨내지만, 인격을 갖추지 못한 사람은 어려움을 극복하기는커녕 비굴해지거나 부화뇌동하여 타락의 길로 빠져들기 쉽지.

인격은 삶에 있어서 어려움을 극복하게 하는 매우 효과적인 무기야. 어려움을 이겨내는 마음의 크기가 바로 인격이야. 어려운 상황에서 궤도를 이탈하지 않도록 도와주고, 힘과 자양분을 공급하며, 단호하게 행동하도록 독려하지. 강한 정신과 올바른 마음을 갖고 인격을 갖추어 나가길 바란다.

꿈의 실현은 외양적인 것만이 아니라
인격도 함께 완성되어야
그것이 참다운 꿈의 실현이야.

지금은 소프트 파워 시대

너는 미술관이나 박물관에 몇 번이나 가봤니? 영화나 연극 콘서트 뮤지컬 오페라 음악회 미술전시회 무용 등 대중문화나 예술 공연을 얼마나 자주 접하니? 공부하기에도 바쁘고 용돈도 부족한데 이런 데 갈 시간이나 돈이 어디 있느냐고 핑계를 대고 있지는 않니?

문화의 수준이 바로 그 사람의 멋이며 수준이야. 아무리 외모가 출중하더라도 문화적인 소양이 없으면 겉멋에 불과해. 진정한 멋쟁이가 되기 위해서는 문화적인 소양을 기르는 것이 중요하지.

문화를 접하는 데 있어서 시간이 없다고 한다면 과연 그렇게 말할 정도로 공부나 의미 있는 일에 몰두하고 있는지 생각해 봐. 그리고 문화를 접촉하는 데 필요한 돈이 없다고 한다면 그렇게 말할 정도로 돈이 부족하며 알뜰하게 지출하고 있는지 생각해 봐.

내가 생각하기에는 청소년 시절에 휴식과 재충전 그리고 문화적인 소양을 기르기 위한 시간과 용돈은 충분할 거야. 그것은 네가 얼마나 관심과 흥미가 있느냐가 문제지.

현대사회는 감성을 중시하는 문화적 힘을 일컫는 소프트 파워 시대로 진입했어. 문화의 힘인 '소프트 파워'는 경제력이나 군사력인 '하드 파워'와 대비되는 개념이야. 국가의 수준은 하드가 아닌 소프트에 좌우되지. 국민의 수준도 개개인의 '소프트 마인드'에 달렸어.

지금 한류 열풍이 한창인 걸 잘 알 거야. 한류 열풍의 진원지는 바로 대한민국의 대중문화이지. 네 또래를 비롯한 젊은이들이 세계를 무대로 펼치는 대중음악이 기폭제가 되었어. 여기에다 드라마 영화 등으로 퍼지면서 음식 등 다방면에 걸친 대한민국의 문화가 세계로 퍼져나가고 있는 거지. 이것이 바로 대한민국의 힘이야.

현대사회와 미래사회의 주체적이고 보편적인 코드는 문화의 힘이야. 덴마크의 미래학자 롤프 옌센이 예측한 것처럼 이야기와 감성이 지배하는 사회인 '드림 소사이어티 Dream Society'가 이미 펼쳐지고 있어. 지금 세계 곳곳에서 그리고 우리 사회의 한복판에서, 소프트 파워인 문화의 힘이 실감 나게 발휘되고 있잖아.

이제는 소프트 파워인 문화가 하드 파워인 기술을 뛰어넘는 시대이지. 아무리 제품의 기술력이 좋아도 창의적인 디자인이 없으면 아무 소용이 없어. 예전에는 기술력에 디자인을 적용했지만,

이제는 디자인에 기술력을 맞춰야 하는 시대야. 스마트폰 디자인을 봐. 그건 통념을 깨뜨리는 창의적이고 문화적인 디자인에다 기술력이 집적된 것이야.

매혹적이고 창의적인 디자인이나 주제를 가지고 있는 문화 콘텐츠는 엄청난 부가 가치를 창출할 수 있어. 너도 잘 알 거야. 스마트폰을 비롯한 뛰어난 디자인 제품이나 예술작품, 대중문화가 얼마나 많은 돈을 벌고 부가가치를 낳는지를 말이야. 문화의 힘이 국가와 기업, 국민을 먹여 살리는 시대이지.

문화를 접해야 고상한 인격을 가진 사람으로 성장할 수 있을 뿐만 아니라, 문화야말로 창의성을 기르는 빠른 길이 될 수 있어.

문화는 창의성의 결정체야. 문화에 독특한 창의성이 없으면 아무런 가치도 없어.

현대사회에서 가장 강조되고 있는 창의성을 기르기 위해서는 많은 문화를 접하면서 소양을 쌓아나가야만 해. 창의적인 아이디어와 기획은 문화적인 소양에서 나오기 때문이야.

문화적인 소양을 기르는 데 있어서 외국 것에만 치중하지 말고 대한민국 문화에 관심을 기울여야 해. "가장 한국적인 것이 세계적인 것이 될 수 있다"는 말이 있잖아.

박물관과 미술관을 관람하고 예술과 대중문화를 가능한 한 많이 접하면서 문화적인 흐름과 소양을 기르는 것이 문화인으로 성장하는 데 대단히 중요해.

우스개 하나 할게. 어떤 남녀가 소개팅으로 커피전문점에서 만나 서로 취미를 물었다는 거야. 남자가 자신의 취미를 클래식 음악 감상이라고 하는데, 마침 비발디의 〈사계〉가 흘러나오자 남자가 하는 말이 "베토벤의 바이올린협주곡이 참 좋군요" 했다는 거야.

문화적인 소양에서 음악이나 미술의 경우에 작곡자의 곡명이나 미술가의 그림 제목만을 알 것이 아니라 실제로 음악이나 그림을 이해하는 것이 중요하지.

악기를 다룰 수 있으면 정서 안정과 앞으로의 사회생활에서 매우 유용하게 활용될 수 있어. 대한민국 사람들은 남녀노소를 막론하고 노래 부르는 것을 좋아하지. 너도 가족들과 노래방에 가 보았을 거야.

사회에 나가면 노래를 불러야 할 기회가 많아. 그럴 때 악기를 연주할 수 있으면 얼마나 멋있겠어. 특히 이성에 대해서는 얼마나 매력적으로 비칠 수 있겠어.

요즈음 성인들 사이에서는 색소폰을 비롯한 악기 연주를 배우

는 것이 유행처럼 되어있어. 청소년 시절에 소질에 맞추어 피아노
나 바이올린, 클라리넷, 기타, 드럼 등 악기 연주를 익혀두면 문
화적인 소양을 기르고 정서 안정에도 도움이 될 거야. 그리고 사
회에 나와서는 너에 대해 호감이 가게 하면서 사람을 사귀는 데
매우 유용할 거야. 클래식 악기보다 재즈 피아노나 재즈 바이올린
을 배우는 것이 더 유용할 수도 있어.

문화의 수준이 바로 그 사람의 멋이며 수준이야.
아무리 외모가 출중하더라도
문화적인 소양이 없으면 겉멋에 불과해.

낯선 것과의 만남

너는 여행을 가끔 하니? 공부하기에도 바쁜 청소년 시절에 무슨 여행이냐고 할지 모르겠어. 하지만 감수성이 예민한 청소년 시절의 여행은 네게 많은 자극을 주면서 세상에 대해 새로운 눈을 뜨게 할 거야. 그러니 여유가 생기거나 시간이 허락하는 범위 내에서 가능한 한 여행은 많이 하는 것이 좋아.

나는 그동안 여행을 갈망하면서도 여행을 자주 하지는 못했어. 그것은 돈이나 시간 때문이 아니라 마음이 바빴기 때문이었지. 항상 지나고 나서 생각해보면 그때 바빴다고 생각했던 일이 별것 아니었다는 생각이 들어. 별일이 아닌 일을 가지고 항상 마음을 스스로 바쁘게 만들면서 마음의 여유가 없었던 거지. '그때 마음의 여유를 가지고 여행을 했더라면 훨씬 더 좋았을 텐데…' 하는 아쉬움이 마음 한편에 도사리고 있지.

만약 네가 "공부하기에 바쁘고 다른 일로도 바쁜데 여행 갈 시간과 여유가 어디 있느냐?"고 한다면, 네가 핑계를 대는 그 일을 얼마나 열심히 하고 있는지 되돌아볼 필요가 있을 것 같아. 어쩌면 바쁜 가운데서도 계획적인 생활을 하면 여행할 만한 시간적 여유는 마련할 수 있을 텐데 말이야.

여행은 돈과 시간을 소비하는 일이라고 생각할지 모르겠지만, 돈과 시간을 버는 일일 수도 있어. 여행을 통한 기분 전환과 배움을 통해 좀 더 큰 돈을 버는 계기가 될 수 있으며 역사적인 유물과 새로운 문명의 관람을 통해 과거와 미래의 시간을 벌어오는 격이기 때문이지.

청소년인 네게 권하는 여행은 거창한 여행이 아니야. 휴일에 시외버스를 타고 근교에 나가거나 인근 지역의 풍물이나 교과서에서 배운 유적지를 돌아보는 것들 말이야. 그리고 연휴나 긴 휴일이 있으면 여행의 범위를 더 넓힐 수도 있겠지.

바다를 본 것이 언제였니? 산 속 아침의 냄새를 맡아 본 것은 언제였니? 다른 지역에서 새로운 음식을 맛보고 즐긴 것은 언제였니? 이국적인 풍물을 본 것은 언제였니?

여행은 움직이는 것으로 떠남과 만남이야. 떠난다는 것은 평상시에 활동했던 반경을 벗어난다는 것이며 떠남을 통해 새롭고 낯선 대상을 만난다는 것이지. 이처럼 여행은 새로움을 시도하는 거야.

여행을 통해서 지금까지 인식하지 못했던 사물을 발견할 수도 있어. 새로운 인연으로 사람을 만나고 새롭고 신기한 뜻밖의 것들과의 조우를 통해 인생을 풍요롭게 하지. 낯선 곳에서 낯선 대상과의 만남은 문득 들려오는 달콤한 음악처럼 예상치 못한 기쁨을 줄 거야.

여행은 사는 법을 배우게 하지. 의도하지 않은 길을 뜻밖에 가게 될 때 계획하지 않은 길에도 즐거움이 있음을 터득하게 될 거야. 낯선 곳에 가면 일상생활에서 닫히고 무뎌진 마음이 열리고, 빈손의 자유로움도 느끼게 되겠지. 한 걸음 물러나 밖에서 삶을 담담하게 들여다볼 수 있는 여유를 갖게 되는 거지.

일상을 벗어나 세상을 바라다보면 물질의 풍요보다도 마음의 풍요로움이 진정한 삶임을 깨닫게 되지. 삶을 풍요롭고 여유 있게 만들고 행복으로 이끌어주는 것이 어떤 것인지 느끼게 될 거야.

여행은 길 위의 움직이는 학교야. 새로운 시각과 넓은 시야로 삶을 배우게 할 거야. 마음의 눈을 뜨게 하고 가슴을 열게 하면서 너 자신의 삶을 생각하는 여유를 갖게 하지. 다시금 정신을 맑고 젊어지게 하여 인생을 설계하는 시간을 주고 창조적 영감을 얻게 할 거야.

공부나 일을 하다 보면 자신감을 잃고 목표를 상실하는 상태인 슬럼프가 올 수 있어. 슬럼프는 몸과 마음이 좀 쉬면서 천천히 가자는 신호를 보내는 것이야. 그러니 슬럼프가 나쁘다고 보지는 마. 여행하다 보면 몸과 마음이 회복되면서 슬럼프를 극복할 수도 있어.

여행은 지친 몸과 영혼을 씻어내어 생기를 되찾게 하고 잃어버린 자아를 다시 찾게 하여 맑고 따뜻한 시선으로 세상을 바라보게 하는 거야.

사람이 죽기 전에 아쉽게 생각하는 일 중에 '좀 더 많은 여행을 할 걸'이 있다고 하더구나. 너는 앞으로 삶을 살면서 가능한 한 많은 여행을 하도록 해.

누구를 아느냐가 참 중요해

지금 청소년인 너는 사람을 아는 범위가 가족, 친지, 선생님, 친구 등 한정적일 수 있겠지만, 성장할수록 아는 사람의 범위도 점점 늘어나지. 지금 가만히 생각해 봐. 비록 한정적인 사람이긴 하지만 네게 얼마나 많은 영향을 끼치는지 말이야.

학교에서 네가 좋아하고 존경하는 선생님이 있으면, 그 과목의 공부는 다른 과목보다 더 열심히 하여 성적이 좋게 나오는 경우가 많아. 그만큼 인간관계가 네 행동에 큰 영향을 미치는 거지. 반면에 좋아하지 않는 선생님의 과목은 괜히 공부하기가 싫어져서 성적이 좋게 나오지 않는 경우가 많지.

누구나 삶을 영위하면서 많은 사람과 인간관계를 맺지. 어쩌면 삶을 규정하고 결정짓는 데에는 네 노력도 중요하지만, 인간관계도 매우 중요해. 너는 앞으로 성장함에 따라 점점 많은 사람과 관계를 맺고 살아가면서 이 점을 더욱더 느끼게 될 거야. 좋은 인간관계를 맺으면 좋은 삶이 전개되지만, 나쁜 인간관계를 맺으면 삶의 걸림돌이 되어 휘청거리게 되지.

앞으로 성장하여 사회생활을 시작하는 데에는 네 실력과 의지가 좌우하지만, 그다음에는 인간관계가 일을 성취하는데 결정적인 계기가 되는 것이야. 예를 들어 고시에 합격하거나 기업에 입사하기까지는 인간관계를 줄이고 열심히 실력을 쌓는 것이 우선이겠지만, 합격한 후에는 동료와의 원만한 인간관계와 상사로부터 인정을 받는 인간관계가 성과를 결정짓는 것처럼 말이야.

인간은 사회적 동물로 인간관계는 공기만큼 중요하지. 너 자신만으로는 존재할 수 없으며 다른 사람들과 상호 교류하며 살아가야 해. 인간은 불완전한 존재라는 사실, 타인과의 협력으로 비로소 그 불완전함이 해소될 수 있다는 사실을 겸허하게 받아들여야 해.

네가 알고 있는 사람이 어떤 수준인지, 얼마나 많은 사람을 알고 있는지, 알고 있는 사람이 얼마나 다양한 분야의 사람인지가 네 인생을 결정하는 거야.

삶의 중요한 전환점은 다른 사람들과의 관계에서 생기지. 누군가의 작은 참여, 한마디의 충고, 한 가지 행동 등으로 인생행로가 바뀌어 버리는 경우가 허다해. 그러니 인간관계를 맺는다는 것이 얼마나 중요하겠어.

제임스 콜만은 인간관계를 또 다른 형태의 자본인 '사회 자본 Social Capital'이라고 칭했어. 인간관계라는 사회 자본은 돈처럼 당장 환급되지는 않지만, 차츰 축적되는 자본이야.

한 사람 한 사람 알아가면서 인간관계의 폭을 점점 넓혀나가는 것의 영향력은 어쩌면 돈보다도 훨씬 더 위력이 강할 수 있어. 세상을 살다 보면 돈으로 해결할 수 없는 일이 허다하지. 이때 누군가를 앎으로써 고민했던 문제가 쉽게 해결되는 경우가 많아.

자크 아탈리도 "가난함이란 지금까지는 '갖지 못한 것'을 의미했으나, 가까운 장래에는 '소속되지 못한 것'이 될 것이다. 미래에는 첫째 가는 자산이 네트워크에의 소속이 될 것이다. 이것은 '주도적으로 성취해가는 삶'을 살아갈 수 있는 우선적 조건이 될 것이다"라고 말했어.

네가 사회에 진출하게 되면 막대한 이익이 창출되는 프로젝트를 인간관계에 의해서 성사시킬 수도 있어. 그러므로 인간관계는 사회생활에서 돈보다도 더 중요한 자본의 구실을 할 수도 있는 거야.

그러니 청소년 시절인 지금부터라도 친구와의 인간관계를 원만하게 그리고 성숙시키는 능력을 길러야겠지.

강한 인간관계를 통한 사회자본의 축적은 현대사회에서 절실해. 인간관계가 꿈을 이루는 핵심이자 열쇠이기 때문이야. 다른 사람과 협력하지 않고 혼자 힘으로만 노력하여 꿈을 이루기는 쉽지 않아. 인간관계를 질적 양적으로 좋게 갖는 것이 성공에의 결정적인 요인이 되는 경우가 많아.

너에 대하여 긍정적인 생각을 하는 사람이 많을수록 꿈을 실현할 수 있는 확률은 높아지지. 꿈을 이루고 싶다면 좋은 인간관계를 많이 가질수록 그리고 도움이 되는 사람을 많이 알아둘수록 가능성은 더욱 커질 거야.

현대사회는 누구를 아느냐, 즉 Know Who의 시대로, 아는 사람들과 그들에게 비치는 너의 이미지가 중요하지. 삶은 인간관계에 따라 결정되는 경우가 많아. 그러니 좋은 감정을 가지고 허물없이 지내는 인간관계를 나누는 사람들을 많이 만나야겠지.

인생을 살아가면서 어떤 사람과의 인간관계를 맺는 것은 중요해. 작은 인연을 소중히 하는 것이 어쩌면 인생을 풍요롭게 하는 결정적인 계기가 될 수도 있어. 함께 있어서 즐겁고 뭔가 얻고 배울 수 있는 사람과 인간관계를 맺어야 해.

인간관계를 잘하려면 원칙, 긍정, 지속, 축적, 만족의 5가지 덕목이 필요해. 원칙은 상호 관계를 단단하게 만드는 것으로 서로가 지켜야 할 내용이며 긍정은 서로에 대한 신뢰로 상호 인정과 존중이 바탕이 되어야 해.

지속은 관계가 일회성이 아니라 지속할 때 인간관계가 형성되는 거지. 지속하지 않으면 단순한 만남에 지나지 않아. 축적은 관계가 지속할수록 서로에 대한 신뢰와 믿음이 축적되고 더욱 발전된 관계로 나아가는 거야.

만족은 관계가 즐거워야 유지되고 발전된다는 뜻이지. 일방적인 만족이 아니라 상호 만족을 해야 하는 거야.

가난함이란 지금까지는
'갖지 못한 것'을 의미했으나,
가까운 장래에는
'소속되지 못한 것'이 될 것이다.

네게 조언하는 사람이 있니

너는 부모님이나 선생님으로부터 살아가는 데 도움이 될 많은 이야기를 듣고 있니? 그리고 부모님이나 선생님께 상의할 일이나 고민거리가 있으면 스스럼없이 의논하니? 부모님이나 선생님 말고 너를 이해하면서 조언을 해주는 사람이 있니?

TV나 영화에 나오는 예전의 서당 모습에서 스승의 이미지는 지식과 지혜의 전달과 전인격적인 모범을 보이는 인생의 사표로 비치고 있어. 회초리를 들고 종아리를 때리지만 어디까지나 훈육을 위한 사랑의 매로 인식되었지.

요즈음 학교에서의 선생님은 치열한 입시 경쟁을 이기게 하는 지식의 전달자로 인식되는 것 같아서 참 안타깝게 생각해. 물론 학생들에게 전인격적으로 다가가면서 삶을 조언하는 선생님들이 있긴 하지만, 이런 현실에서 앞으로 네가 삶을 살아가는데 인생의 사표가 되는 진정한 스승을 찾아야 할 거야.

너는 힘든 일을 당했거나 고민이 있을 때 누군가의 품에 안겨 펑펑 울고 싶을 때가 있었을 것이며 앞으로도 있을 거야. 또한, 중요한 일을 오순도순 상의하고 싶은 누군가도 있을 거야.

그 누군가로부터 위로와 격려와 조언과 충고를 받을 수 있다면 그가 바로 인생의 스승인 멘토인 거야.

멘토는 호메로스의 서사시 〈오디세이〉에 나오는 오디세우스 왕이 트로이 전쟁에 나가면서 멘토Mentor라는 친구에게 아들 텔레마코스의 교육을 맡기는 데서 유래되었어.

멘토는 지혜와 신뢰로 인생을 조언하고 이끌어 주는 안내자야. 상상력을 고취하고 북돋워 삶을 풍요롭게 하는 사람이지. 학교 선생님만이 아니라 너를 이해하면서 조언을 해 주고 네가 존경하고 따르는 사람이면 되는 거야.

네가 직접 알지는 않더라도 네가 삶의 사표로 삼거나 자극을 받을 수 있는 사람도 멘토의 범주에 들어가지. 때로는 돌아가신 분도 상관없어.

너보다 나이가 많거나 지식이나 경험이 많지 않아도 될 수 있는 것 같아. 어떤 특정 분야에서 조언을 구할 수도 있으며 스스로 자극을 받을 수도 있으니까 말이야.

멘토가 있니?

내 경우에는 여든이 넘으신 어머니가 멘토야. 어머니가 지식이 풍부하다거나 내가 마마보이여서가 아니야. 어머니와 대화를 나누면 오랜 경험에서 우러난 지혜의 말씀을 들을 수 있어서 삶에 커다란 도움이 되기 때문이야.

또한, 나는 독서 토론도 하고 문화 탐방도 하는 대학생들로 구성된 포럼의 고문을 맡고 있는데, 이 대학생들은 내가 자신들의 멘토라고 생각하겠지만 나에게 있어서는 그들이 나의 멘토야. 왜냐하면, 나는 그들로부터 젊은 감각을 자극받고 배우고 있기 때문이지.

그러니까 어머니로부터는 지혜를 얻고 젊은 대학생들로부터는 감각을 익히고 있는 셈이지.

꿈을 실현하는 길에는 어떤 사람을 만나는가에 따라 일이 좌지우지되는 경우가 허다해. 급격하게 변화하는 현대사회에서 다양한 경험과 지식을 가지고 있거나 자극을 줄 수 있는 멘토는 인생에서 중요한 의미를 가지지. 때로는 인생의 갈림길에서 결정적인 조언 한마디에 따라 삶이 완전히 달라질 수도 있어.

너는 지금도 그렇겠지만, 앞으로도 삶을 살면서 멘토의 도움을 받을 거야. 누군가로부터 배울 수 있고 누군가를 지켜볼 수 있고 따라 할 수 있는 것이 바로 가르침과 자극을 받는 것이지.

인생에서의 멘토는 중요해. 네가 도전하거나 어려움에 봉착하거나, 고민이 있을 때 네 이야기를 들어주고 해결책과 조언을 할 수 있는 멘토를 가진다는 것은 삶에서 큰 다행이며 행복한 일이야.

현명한 사람의 조언은 메마른 땅에 내리는 빗방울과도 같은데, 이를 무시하는 사람은 비를 맞지 않은 풀잎과 다를 바 없어서 시들어버리고 말지. 멘토와 의논하고 조언을 듣는 것은 그의 지식과 경험을 빌려오는 것과 같아.

그러니 너는 살아가는 데 있어서 의견을 구하고 저렇게 닮았으면 하는 인생의 사표가 되는 사람을 만나도록 힘써야 할 거야. 그러려면 친화력을 발휘하면서 참된 스승을 만나야 하고 독서를 통해 자신의 본보기를 찾아야겠지.

네게 좋은 친구가 있니

너는 친구가 몇 명이나 있니? 그냥 같이 어울리는 친구이거나 SNS의 하나인 페이스북에서의 친구가 아니라 정말 서로 우정을 나누는 친구 말이야. 네게 좋은 일이 생기면 진심으로 축하해주고 고민이 있거나 힘들면 격려해주는 친구가 진짜 친구야.

그냥 놀 때 같이 어울리고 네가 좋은 성적을 받으면 자신의 내신 등급이 떨어진다고 시기와 질투를 하는 친구는 진정한 친구가 아니야.

좋은 친구를 만나기는 쉽지 않아. 청소년 시절은 정신적 성숙과 지적 발달을 보이면서 친구를 사귀고자 하는 마음이 일어나는 시기야. 어떤 조건을 떠나 친구를 사귈 수 있는 시기지.

대학 시절이나 그 후 사회생활에서 진정한 친구 사귀기는 쉽지 않아. 왜냐하면, 비슷한 능력이나 수준, 이해관계에 따라 인간관계가 맺어지기 때문이지. 마음이 순수하고 아름다운 청소년 시절의 우정은 평생 갈 수가 있어.

친구를 잘 만나거나 잘못 만나는 것이 운명을 결정하는 경우가 많아.

마이크로소프트사의 빌 게이츠, 애플의 스티브 잡스, 페이스북의 마크 주커버그는 모두 진한 우정을 바탕으로 20대 초반에 친구와 함께 창업하여 오늘날 세계적인 기업으로 만들었어. 이들은 친구끼리 서로 부족한 부분을 보완하면서 회사를 발전시킨 거지.

이와 반대로 이런 경우도 있어.

축구를 좋아하는 너는 알 거야. 축구선수 박주영의 뒤를 이을 전도유망했던 국가대표 축구선수가 친구의 꾐에 빠져 승부조작에 가담한 사건 말이야. 결국, 발각되어 영구 제명되어 선수 생활에 종지부를 찍은 거지. 그 후 어쩔 수 없어 사업을 벌이다가 실패하자, 그 친구와 함께 부녀자 납치 사건을 저질러 감옥에 갔어. 친구 잘못 만나서 인생이 엉망이 되어버린 거지. 정말로 너무나 불행한 사건이야. 친구 한 사람 잘못 만나면 패가망신 정도가 아니라 인생이 끝장난다는 사실을 너무나 잘 보여준 사건이야.

요즈음 학교에서의 일진회도 마찬가지야. 잘못된 친구들끼리 만나서 폭력을 행사하는 조직이지. 학교폭력으로 자살하는 사건도 친구들끼리 만남에서 비롯된 것이 많아. 애초에 그런 친구들과는 만나거나 어울리지 말았어야 하는 건데, 누가 그럴 줄 사전에 파악하기가 쉽지 않겠지. 너는 주위에서 친구 잘못 만나서 잘못되는 경우를 많이 볼 거야.

이런 때 흔히 "친구 때문에"라는 말을 많이 하지만 그 친구도 "친구 때문에"라는 말을 할 거야. 부모들도 마찬가지 심정이지. "친구를 잘못 사귀어서"라고 하면서 자기 자식이 아니라 상대방을 탓해. 이것은 잘못된 판단이며 현상이지. 친구가 되었으면 서로에게 영향을 주고받는 것이므로 똑같은 평가를 받을 수밖에 없어.

좋은 친구는 본받을 만한 사람이며 나쁜 친구는 나쁜 영향을 미치고 곤경에 빠지게 하는 자야. 부도덕하거나 어리석은 자와 어울리지 말아야 해. 접근해 오면 눈치를 채지 않게 멀리해야 해.

동물은 같은 종류끼리 모이고 인간 사회에서의 친구는 같은 부류끼리 사귀는 거야. 그러니 끼리끼리 어울리기 마련이므로 친구를 보면 그 사람을 알 수 있는 거지. 네 친구를 보면 네가 어떤 사람인지 알 수 있어.

인생에서 좋은 친구는 소중한 축복이고 행운이며 보물이야. 친구가 많다는 것을 자랑할 일은 아니야. 친구는 얼마나 많으냐가 아니라 어떤 사람이냐가 중요하지. 신뢰할 수 있고 의지할 수 있고 본받을 수 있는 좋은 친구가 있느냐가 관건이야. 중요한 건 질이지 양이 아닌 거지.

무조건 친구를 사귀어서는 안 돼. 친구가 많은 것보다 좋은 친구를 단 한 명이라도 갖는 것이 중요하지. 좋은 친구를 만나서 진정한 우정을 나눠야 해. 정직하고 성실한 친구를 사귀려면 네가 먼저 좋은 친구의 자격을 갖추어야 한다는 것을 명심하고 그렇게 되도록 노력해야겠지.

사람은 주위 사람으로부터 영향을 많이 받지. 한창 감수성이 예민한 청소년인 네게 또래의 친구는 네 인격 형성이나 생활에 엄청난 영향을 끼치지. 친구 잘 만나서 잘 사귀는 것이 꿈의 실현에 결정적일 수 있어.

좋은 친구를 만나면 훌륭한 사람이 될 수 있고, 나쁜 친구를 만나면 영영 구제될 수 없는 실패한 인생으로 전락할 수 있는 거야.

친구의 우연한 자극이 인생의 전환점이 되는 경우가 많아. 친구의 한마디 충고, 한 가지 행동에 자극을 받아서 인생행로가 바뀌어 버리는 경우도 많지. 하지만 나쁜 친구를 만나면 영영 헤어날 수 없는 삶을 살게 되는 거야.

무한한 가능성이 펼쳐져 있는 청소년 시절에 사귄 친구는 인생을 살아가는 데 의지할 수 있는 진정한 친구가 될 수 있어. 정말 친구를 잘 사귀어야 해.

네게 가족은 어떤 존재니

너는 아버지와 어머니에 대하여 어떻게 생각하니? 너는 자식이 란 무엇이며, 형제자매란 어떤 사이일까를 생각해 보았니? 네게 가족이란 어떤 존재니? 아직 결혼은 하지 않았을 것이니까 부부 에 관한 생각은 빼고 말이야.

네가 아버지의 손을 잡아보거나, 어머니를 안아드리거나, 형제 자매와 정겨운 대화를 나눈 적이 있니? 있다면 그런 적이 얼마나 되었니?

나는 그동안 가족에 관해 쓴 여러 권의 책에서 '가족이란 뭘까' 에 대한 생각을 하면서, 살아가는 많은 가족의 이야기를 했어. 나 는 부모님의 자식이자 자식의 부모이며 형제의 일원이기도 하지. 자식의 입장에서 부모의 입장에서 형제의 입장에서 내 나름의 생 각을 이야기해 볼 게.

네가 어렸을 때에는 아버지가 이 세상에서 가장 강한 사람인 줄 알았을 거야. 아버지의 어깨는 산처럼 높아 보이고, 험한 길을 걸어가도 두려움이 없으며 고민은 없고 울지 않는 줄 알았겠지. 하지만 때로는 약하고 지쳐서 울고 싶지만 울 장소가 없기에 슬픈 사람이 아버지야.

아버지는 가족을 자신의 수레에 태워 묵묵히 끌고 가는 말과 같은 존재야. 아버지가 출근하는 직장은 즐거운 일만 있는 곳은 아니야. 가족의 행복이 자신에게 달려있다는 무거운 책임감으로 때로는 힘들지만 참으면서 일하는 거지.

아버지는 가장으로서 '내가 아버지 노릇을 제대로 하고 있나? 내가 정말 아버지다운가?' 하는 자문을 스스로 하는 사람이야. 자식은 남의 아버지와 비교하면서 아버지의 수입이 적은 것이나, 아버지의 지위가 높지 못한 것에 대해 불만이 있지만, 아버지는 그런 마음에 속으로만 울지.

아버지가 기대한 만큼 아들딸의 학교 성적이 좋지 않을 때 겉으로는 "괜찮아, 괜찮아" 하지만 속으로는 매우 안타까워하는 사람이야. 아버지가 때로는 무관심한 것처럼 보이는 것은 제대로 뒷바라지 못 해준 것에 대한 미안함 때문이지.

아버지는 자식의 힘이고 자식은 아버지의 힘이야. 자식은 아버지의 그늘에서 아버지의 사랑을 먹으면서 성장하지.

성공한 아버지만이 아버지가 아니라 아버지는 있는 그대로의 아버지야. 비록 부족하고 허점이 있어도 아버지는 아버지야. 아

버지는 아버지이기에 가슴에 하나의 뜨거움으로 다가오는 존재
이지.

 '어머니'란 이름은 영원한 그리움이야. 어머니는 영원한 향수를
느끼게 하는 마음의 고향이며 안식처이자 피난처이지.
 "여자는 약하지만, 어머니는 강하다"는 말이 있어. 약한 여자를
강하게 만드는 것은 모성의 정신이야. 그것은 바로 자식에 대해
깊은 사랑의 모성애가 본능에 따라 출렁이기 때문이지.
 아마도 네가 가장 기쁠 때, 가장 슬플 때, 가장 위험할 때 그
마음 깊이 깔린 근원적인 소리인 '어머니'를 외칠 거야. 어머니
라는 낱말은 인간의 온갖 아름다운 가치가 포함된 정신의 저수
지이지.
 어머니는 네가 만난 최초의 학교이자 스승이었어. 어머니의 무
릎은 네 학교였으며 말은 교과서였으며 표정은 정신적인 영양소
였지. 어머니의 사랑 그 자체보다 더 위대한 교육은 없어.
 어머니는 네가 서서히 자아를 내세우고 나설 때 대견스럽기도
하지만 한편으로는 서운함을 느끼기도 하는 두 갈래 마음을 가지
고 있어. 기르는 역할에서 지켜보는 자리로 물러설 수밖에 없을
때 느끼는 일종의 안타까움이지. 하지만 어머니의 소원은 네가 성
장하여 꿈을 이루고 자아를 실현하는 거야.

어머니는 네 과거와 현재와 미래를 통한 영혼의 가장 깊은 자리에 있는 샘물과 같은 존재야. 네게 뭉클함과 포근함으로 다가오는 이름이지.

'신은 모든 곳에 있을 수 없기에 어머니를 만들었다'는 말이 있듯이, 어머니는 네가 풍덩 빠져 헤엄칠 수 있는 평온하고 안온한 바다야.

형제자매란 핏줄의 운명이야. 혈연관계로 맺어진 숙명적 공동체이지. 형제자매의 사랑은 부모의 핏줄을 나눈 사랑이야. 그래서 피는 물보다 진하다는 말을 하는 거지. 필요할 때 만나 시간을 나누는 친구와 달리, 형제자매는 원하건 원하지 않건 함께 성장하면서 많은 시간을 공유해야 하는 존재야.

형제자매는 친숙한 관계이면서도 때로는 싸울 때도 있고, 귀찮을 때도 있고, 미울 때도 있지. 형제자매란 가까이 있기 때문에 친밀해질 가능성도 높지만, 일상을 같이 하거나 했다는 것이 언제나 끈끈한 우애로 유지되거나 남는 건 아니야. 한 핏줄에서 태어났지만, 성격 재능 등이 다르므로 차이를 인정하고 서로 존중해 주어야 해.

형제자매는 삶과 운명의 한 부분이지만 종종 무심하거나 소홀할 수가 있어. 가족이란 이름으로 묶여 있지만, 부모와 자식의 관계처럼 일방적인 사랑과 헌신을 전제하지 않기 때문이지. 하지만 무관심하다가도 위험에 처하면 가장 먼저 생각나는 사람이 형제자매야.

형제자매란 울타리 안에서 싸우다가도 밖에선 업신여김을 당하면 함께 대처하는 사이야. 혈연공동체는 조건 없이 있는 그대로를 용납하고 이해하는 관계이지.

가족은 '힘'의 원천으로 무조건 '편'이 되어주는 사람이야. 네가 몸이 아프거나, 남으로부터 상처를 받거나, 어려운 일이 닥치면 가족이 커다란 의지가 되고 용기의 샘물이 되는 거지.

가족FAMILY이란 단어는 '아버지, 어머니, 나는 그대를 사랑합니다Father and mother, I love you'의 각 단어의 첫 글자를 합성한 거야. 서로를 이해하고 아껴주면서 사랑과 웃음이 넘치는 가족이 행복한 가족이야.

행복한 보금자리는 그저 되는 것이 아니라 구성원인 가족들이 스스로 만들어 가는 것이지. 너는 가족의 일원으로서 행복한 가족을 만드는 데 노력해야 해.

네가 가족들에게 하고 있고 할 수 있는 일이 무엇인지 생각해 봐. 너는 가장 사랑하는 가족에 대하여 마음을 표현하는데 인색하지는 않니? 그건 어려운 일이 아니야. 말이나 문자메시지를 통해 마음을 전하고 때로는 등 뒤에서 살짝 포옹하는 거야. 그러면 형용할 수 없는 기쁨이 서로의 가슴에 물결칠 거야.

　가족은 공기와 같다는 생각이 들어. 공기란 항상 함께 하므로 그 귀중함을 모른 채 지내지만, 오염된 대기를 마시거나 높은 산에 올라 공기가 부족하면 그 중요함을 새삼 느끼게 되지. 네가 공기를 크게 의식하지 못하듯 가족이란 존재에 대해서도 그렇게 느끼는지 모르겠어.

　한솥밥을 먹고 지내는 가족은 늘 가까이 있기에 소홀하게 대하는 경우가 많아. 그래서 가족이 떠나고 난 뒤에 때늦은 후회를 하지만 아무 소용이 없어.

　인생에서 가장 오래 마지막까지 함께하는 사람은 가족이야. 가족이 언제까지 곁에 남아 줄지는 아무도 몰라. 오늘이 지나면 다시 못 볼 사람처럼 가족을 대해야겠지.

가족은 '힘'의 원천으로
무조건 '편'이 되어주는 사람이야.

삶의 기초이며 필수조건

너는 건강이 얼마나 중요하다는 것을 실감하고 있니? 아마도 지금 튼튼한 신체를 가지고 있는 피 끓는 청소년이라 건강의 중요성을 인식하지 못할지 모르겠어. 하지만 가족 중에 중병에 걸리거나 네가 감기몸살이라도 나서 침대에 누워있는 상황이 온다면 다른 무엇보다도 건강이 으뜸이라는 것을 절실히 느끼겠지.

"신체가 튼튼해야 공부도 하고 꿈도 이루고 행복하다."

이 말은 그냥 의례적으로 하는 말이 아니라 정말로 맞는 말이야. 신체가 튼튼하지 않으면 만사가 귀찮고 소용없는 것처럼 느껴지면서 어떤 의욕도 생기지 않아. 이런 상황에서 꿈을 이루기는커녕 겨우 하루하루를 보내는 것에도 힘겨워할 거야.

몸이 아프면 아무리 강건한 의지를 갖췄다고 해도 나약해질 수밖에 없어. 질병은 신체의 조화와 균형이 깨지고 있다는 증명서야. 질병은 여러 가지 복합적인 요인을 품고 있지. 심한 스트레스를 억누르며 살다가 결국 암으로 죽는 경우도 있는데, 마음속에 누적된 감정의 앙금이 병으로 나타난 것이지.

건강은 삶의 기초이며 필수조건이야. 건강한 것만큼 기쁘고 다행스러운 일은 없어. 건강을 잃으면 돈도 권력도, 명예도 아무런 소용이 없지. 건강하지 않으면 무엇을 가지고 있더라도 삶을 즐길 수 없고, 건강해야 삶의 활력이 넘쳐나지. 그러니 가장 귀중한 재산인 건강을 유지하는 일이 최우선이야.

청소년 시절은 신체가 급격하게 발달하면서 변화하는 시기야. 이 시기에 신체를 튼튼히 해야 평생 건강한 신체를 유지할 수 있어. 그래야 하고 싶은 일을 할 수 있고, 하는 일을 성취하면서 꿈을 이룰 수 있는 거야.

건강은 신체뿐만 아니라 정서와 정신, 영적인 존재를 좌지우지하는 엄청난 힘을 발휘하지. 스콧 니어링은 '인간은 몸과 마음과 정신과 영혼의 힘이 서로 복잡하게 관계를 맺고 있는 유기체이다. 서로 균형이 잡혀 있고 제구실을 해야 건강하다고 할 수 있으며 만족스럽고 보람 있고 성숙한 삶을 살 수 있다'고 했어.

신체의 모든 움직임은 정신 상태와 밀접하게 연결되어 있기 때문에 몸 상태가 좋지 않으면 곧 마음에 갈등, 긴장, 근심 등을 가져오기 마련이지. 건강한 몸과 마음을 유지하기 위해 자신을 단련해야 해.

너 자신의 몸과 마음과 정신을 돌보는 것이 생활 일부가 되면 건강을 지키는 첩경이 되지. 건강의 기본 원칙은 잘 먹고, 잘 자고, 적당히 운동하고 편안한 마음을 갖는 것이야.

먹는 것과 건강은 직결되므로 잘 먹어야 해. 특히 공부는 건강한 체력이 있어야 잘할 수 있어. 공부하는데 아주 많은 에너지가 소비되므로, 체력이 떨어지지 않고 쉬 피로해지지 않아야 꾸준히 공부할 수 있어.

요즈음 청소년 중에는 연예인을 닮은 몸짱을 만들겠다고 다이어트 하느라 영양 섭취에 소홀한 경우가 있어. 청소년기에는 균형 있는 식사를 해야 튼튼한 체력이 되어, 하고자 하는 일을 체력이 뒷받침하겠지.

청소년 시절은 신체 발달이 왕성하게 이루어지므로 충분한 영양을 공급할 수 있도록 잘 먹어야겠지. 잘 먹는다고 해서 기름진 음식을 푸짐하게 먹는 것은 바람직하지 않아. 골고루 음식을 먹어서 균형 있는 영양을 공급받도록 해야 해.

잠을 잘 자야 건강을 유지하면서 가뿐한 기분으로 생활할 수 있어. 잠자는 시간을 5시간 이하로 해서는 안 돼. 밤만 되면 인터넷에 몰두하여 늦게 잠들고 아침에는 시간에 쫓겨 허둥지둥 등교하다 보면, 졸린 상태에서 학교 수업시간에도 소홀해지지.

다시 밤이 되면 말똥말똥해져서 인터넷에 몰두하고, 다시 아침

등교 시간에 허둥지둥하고, 올빼미 같은 생활이 다람쥐 쳇바퀴 돌듯이 반복되면 바람직한 생체 리듬을 유지할 수 없어. 그러니 쓸데없는 시간을 낭비하지 말고 가능한 한 숙면해야 해.

운동하면 육체적인 건강뿐만 아니라 정신 건강에도 좋아. 평소 학교 체육 시간에 열심히 하고 집에서 스트레칭과 맨손 체조를 하고, 집 주변 공원을 걷거나, 집과 학교가 멀지 않다면 걸어 다니고 때로는 등산을 한다면 더욱 좋을 것 같구나.

신경을 너무 쓰면 건강을 잃기 쉬우니 아껴 써야 해. 분노와 격정과 같은 격렬한 감정의 혼란을 피하고 정신적인 긴장이 계속되지 않도록 해.

영혼의 음악

너는 잘 웃는 편이니? 하루에 얼마나 웃는다고 생각해? 나는 지하철에서나 거리에서 청소년들이 짓는 순수하고 밝은 웃음이 참 보기에도 좋으며 부럽기까지 하더구나.

나를 비롯한 기성세대들은 삶에 짓눌려, 일상에서 웃을 일이 많이 있는데도 불구하고 무시하면서 살아가고 있는 것 같아. 사소한 일은 지나치게 심각하게 받아들이면서, 정작 즐거워해야 할 일, 웃어야 할 일은 놓치면서 살아가고 있어.

독일의 철학자 프리드리히 니체는 "세상에서 가장 고통을 받는 동물이 웃음을 발명했다. 웃음은 고통을 이겨내는 가장 효과적인 무기"라고 말했어. 동물은 아무리 기뻐도 웃지 않아. 웃음은 인간에게만 주어진 선물로 인간이 할 수 있는 행복하고 건강한 활동이야.

인간은 평생 얼마나 웃을까? 재미있는 통계를 알려줄 게. 물론 생활 문화의 급격한 변화로 일반인의 평균 기준으로 70세가 되면 공부와 일에 26년, 수면시간 23년, 교통 이용에 6년, TV 시청 4년, 누군가 기다리고 만나는 시간 3년, 신문 보는데 2.5년, 세면 2년, 거울 앞에서 1.5년, 화장실에서 1년 정도라고 해.

여섯 살 때는 하루에 300번 웃던 웃음을 다 커서는 하루에 17번밖에 웃지 않으며, 시간으로 따지면 하루 5분 내외로 70세까지로 환산하면 90일 정도밖에 안 된다고 해. 그만큼 나이가 들면서 점점 웃음이 줄어드는 거지.

또 다른 재미있는 이론이 있어. 한바탕 크게 웃을 때 사람 몸속의 650개 근육 중 231개의 근육과 206개의 뼈가 한꺼번에 움직이고, 15개의 안면근육이 동시에 수축하지. 광대뼈 근육을 전기적 흥분 상태로 만들고 숨을 헐떡이게 해. 눈물샘을 자극하여 혈압을 낮추고 혈액순환과 소화기관을 안정시키지. 산소 공급을 2배로 증가시켜 몸이 일시에 시원해지는 기분을 느끼게 해준다는 거야.

코미디 물을 보고 난 사람의 혈액검사 결과 질병에 대한 면역력과 스트레스를 이겨내는 항체가 200배 증가한 것으로 나타났어.

힘들고 어려운 일이 있기 마련인 삶에서 웃음이 청량제 역할을 하지. 마음이 메마르면 웃음을 잃기 쉽고, 웃음을 잃으면 삶까지 메마르고 말아. 웃음은 일종의 긍정 에너지를 발산하는 행위로 웃는 순간에 긍정적 에너지가 너 자신을 향해 모여들 거야.

세상에서 가장 인색함은 밝은 웃음을 아끼는 일이야. 네가 마음 먹기에 따라 아무런 비용도 들이지 않고 별다른 노력도 하지 않고 할 수 있는 행위가 웃음이지. 눈가의 근육을 조금만 움직여서 미소 짓는 것만으로도 너 자신도 행복하고 주위 사람들에게도 기쁨이 옮아가는 거야.

웃음은 좋은 관계를 맺게 해주는 지름길이야. 서로의 마음과 감정이 가장 빨리, 가장 쉽게, 가장 원활하게 연결되는 방법의 하나지. 웃음 한 번으로 상대방에게 네 마음을 전달할 수 있고, 친구로 만들 수도 있어.

꿈은 자신의 노력과 함께 사람과의 관계에서 이루어지므로 꿈을 이루기 위해서는 행복을 전하는 미소를 아끼지 말고 자주 웃어야겠지.

하지만 웃음이 무조건 밝고 좋은 것이란 고정관념은 갖지 말아야 해. 볼품없이 지나치게 큰 소리로 웃는 것은 하찮은 일에서밖에 기쁨을 찾지 못하는 사람이라는 것을 증명하는 꼴이지. 툭하면 껄껄대고 웃는 것은 천박하다는 것을 내보이는 짓이야. 분별 있는 사람은 천박하게 웃지 않으며 웃더라도 될 수 있는 한 소리를 줄이고 미소 짓지.

천한 장난이나 시시한 일을 보고 깔깔거리고 웃지 말아야 하며 얘기하면서 쓸데없이 웃지도 말아야 해. 실실 웃으면서 얘기하면 상대방에 대해 비웃음으로 오인당하기에 십상이야.

웃음이라는 영혼의 음악을 실컷 틀되, 웃을만한 가치가 있을 때 마음이 풍요로워지고 표정이 밝은 자연스러운 웃음을 지어.

유머는 웃음을 불러내는 좋은 도구야. 대화를 원활하게 하고 좋은 인상을 남기는 유머감각은 소중한 멋이며 재능이야.

어려운 일을 당할 때, 보기 역겨운 것을 보았을 때, 딱한 얘기를 듣거나 해야 할 때, 유머감각을 가진 사람의 한마디는 소중한 거야. 유머와 낙관주의로 어려운 처지를 이겨내는 능력은 인격의 성숙을 말하며 힘의 근원이지.

하지만 유머는 어디까지나 양념이 되어야 하며 천박한 내용을 유머로 착각해서는 안 돼. 재치 있는 유머도 얼마든지 있어. 분별없는 유머를 많이 하면 익살꾼으로 인식되어 진지하게 말할 때도 믿지 않게 되지.

유머감각은 하루아침에 길러질 수 있는 것은 아니야. 하지만 관심을 가지고 노력하면 얻을 수 있는 자질이야. 평소 유머의 소재를 익혀서 대화할 때에 적절히 활용해야지 남발하지는 마. 유머는 개방적이고 유연한 내면에서 배어 나와 사고의 창의성과 유연성을 보여 주어야 해.

너는 남을 잘 웃기는 편이니? 소위 말해 유머감각이 있는 사람이라는 평판을 듣고 있어?

나는 코미디 프로그램을 즐겨보지만, 남을 웃기는 데는 서툰 정도가 아니라 우스운 이야기도 내가 전하면 썰렁해져. '남을 웃게 한다는 것'이 보통 능력이 아님을 실감하면서 시청자들을 박장대소하게 하는 개그맨들의 능력은 정말 대단하다는 생각이 드네.

이야기하기 능력이 뛰어난 친구가 있는데 무슨 이야기를 해도 실감 나게 하며, 그가 유머를 하면 폭소를 터뜨리게 하면서 좌중을 주름잡지. 그는 유머를 적어 다니기도 하고 회식자리에서 재미있는 이야기가 나오면 메모한다더라.

친구 중에서 잘 웃기는 친구가 있니?

네가 주변을 곰곰이 살펴보면 대체로 잘 웃기는 사람 주위에 친구가 많다는 것을 알 거야. 잘 웃긴다는 것은 마음에 여유가 있는 것으로 그만큼 주위를 편안하게 하므로 친구가 많은 거지.

사회생활도 마찬가지야. 유머감각이 있는 사람이 친구가 많고 모임을 주도하는 경우가 많아. 그러니 대화에서 유머 감각이 더해지면 말이 빛나게 되고, 말이 빛나면 말하는 사람도 빛이 나면서 주목하게 하지. 유머를 구사하는 사람은 관대함과 여유가 있어 인간관계를 넓혀 꿈을 이룰 수 있어.

독일의 철학자 프리드리히 니체는
"세상에서 가장 고통을 받는 동물이 웃음을 발명했다.
웃음은 고통을 이겨내는 가장 효과적인 무기"라고 말했어.

너는 돈을 어떻게 생각하니

순수한 청소년인 네게 돈에 대한 주제를 말하는 것을 어떻게 생각할지 모르겠어. 하지만 너를 비롯한 누구라도 삶에서 하루라도 돈에서 벗어날 수 없는 상황이지 않니? 그러니 청소년 시절에 돈에 대한 개념을 명확히 하는 것이 인생에서 바람직하다는 생각이 들어.

너는 부모님으로부터 돈을 받아서 쓰는 기분이 어때? 너는 부모님의 뒷바라지를 받기 때문에 돈에 대한 개념이나 돈을 버는 것이 얼마나 어렵다는 것을 실감하지는 못하겠지. 그런데 말이야, 한 가지 명심해야 할 것은 부모가 버는 돈은 일하는 대가이기도 하지만 때로는 자존심과 바꾼 거야. 그러니 용돈을 쓸데없는 곳에 낭비하는 일은 없어야겠지.

앞으로 네가 성장하여 사회생활을 하게 되면, 일을 통해 자아실현을 목표로 하지만 그 과정은 일을 통해 돈을 버는 것이지. 인생에서 '성공'이라는 단어는 대개 '금전적 성공'과 동의어로 통하는 세상이야.

인생의 중요한 목표 중 하나는 경제적으로 자립하는 거야. 돈을 벌고, 저축하고 투자하면서 돈에 대한 근심 걱정이 없도록 해야 해. 재정적 자립은 너 자신의 책임이야.

새로운 정보와 지식, 기술혁신 등으로 오늘날에는 경제적 자립을 이룰 뿐만 아니라 부자가 될 가능성이 어느 때보다 높아. 예전에는 부자가 되려면 토지, 노동력, 자본, 집기, 건물, 장비 등등의 물질적 자산이 갖춰져 있어야 했지만, 오늘날에는 IT 전문가, 운동선수, 연예인 등 남다른 창의성을 발휘하여 부를 축적한 사람들을 많이 보고 있잖니.

돈은 교환수단이나 저축수단 이상의 의미와 위력을 가지고 있어. 돈은 삶의 질을 결정할 뿐만 아니라 사소한 인간관계에 이르기까지 영향을 미치지. 돈을 통해 인간 행위가 저울질 되고 인간관계가 규정되고 있어. 심지어 부모와 자식 사이, 형제자매 사이에도 재산 분할 등 돈 때문에 갈등과 분쟁을 일으키곤 하지. 개인뿐만 아니라 국가의 경쟁력도 경제력에 달렸어.

누구나 돈의 질서에서 벗어날 수 없어. 세상에서 펼쳐지고 있는 상황을 봐. 세상은 돈 때문에 울고 웃고 지지고 볶지. 부정부패, 사기, 밀수, 살인에 이르기까지 온갖 범죄의 근원은 '돈'이라는 욕망이 자리 잡고 있어.

스트레스, 고민, 다툼을 초래하거나 결혼이 파경에 이르는 원인도 돈 때문인 경우가 많아. 사랑과 마음의 평화와 같은 삶의 가치도 돈에 의해 좌우되기에 십상이야.

이처럼 돈은 삶의 질 정도가 아니라 삶 자체를 결정하는 주요한 요소야. 돈은 삶을 영위하게 하는 힘의 원천이며 위력 또한 엄청나지. 돈은 네가 필요로 하는 물건을 살 수 있게 해주며, 문화적인 생활을 누리게 해주지. 편안함과 행복한 생활을 영위하게 하는 필요조건이야. 돈이 삶의 목적은 아니지만, 행복한 삶을 영위하는 데 있어서 필요한 것임은 분명해.

돈은 삶의 영양소이자 윤활유이지만 탐닉하면 탐욕, 부정부패와 같은 악습이 나타나지. 악의 뿌리는 돈 그 자체가 아니라 돈에 대한 집착이야. 돈이 삶의 목적이 되면 노예처럼 돈에 종속되면서 너그러운 삶과 행실을 갖지 못하고 돈을 쫓아다니게 되지.

돈 때문에 돈으로 살 수 없는 귀중한 것을 잃어버리고 있는 주변을 살펴보고, 너는 그렇게 하지 않겠다고 결심해야 해. 돈을 삶의 목적으로 생각하고 돈을 벌기 위해 수단과 방법을 가리지 않는 비인간화의 길을 걸어서는 안 되겠지. 돈을 우상으로 받들지 말고 생활을 위해 반드시 필요하며 삶의 질을 높이기 위한 유용한 수단으로 생각해.

　돈을 가지면 가질수록 더욱 돈을 갈구하게 되므로 돈에 종속되거나 노예가 되지 않으려면 가진 돈에 자족하면서 검약해야 하는 거야. 검약이란 검소하고 절약하는 것으로, 돈이 있지만 절제하는 것이지.

　검약은 인색함과 궁색을 떠는 것과는 엄연히 다르며, 돈을 쓰지 않는 것이 아니라 제때, 제대로 쓰는 것이야. 즉 쓸 때에는 쓰고 쓰지 말아야 할 때는 쓰지 않는 것이지.

　검약은 자기 한도 내에서 절약하는 가운데 꼭 필요한 곳에 쓰고 저축할 줄 아는 삶의 자세야. 미래를 위해 현재의 욕구를 참는 능력을 의미하기도 하지. 돈이 있어야 남에게 베풀 수 있는 여력이 생기므로 검약은 선행의 토대야.

　인간의 품성은 돈을 어떻게 쓰느냐에 잘 나타나는데, 관대함, 자비심, 공정함, 정직함, 준비성은 돈을 잘 쓰는 결과이며 반대로 탐욕, 인색함, 무절제, 방탕함은 돈을 잘못 쓰는 데서 비롯되지.

　돈을 올바로 사용할 수 있는 능력은 훌륭한 자질로, 돈을 벌고, 쓰고, 저축하고, 남과 주고받고, 빌려주거나 빌리는 기준과 방식을 올바르게 확립해야겠지.

왜 행운은 점이고 행복은 선일까

어느 행복에 관한 강의에서 인상 깊은 내용이 있었어. 행운은 올 때마다 한 번에 그치는 점과 같은 것이고 행복은 계속해서 이어지는 선과 같은 것이라고 했어. 그래서 행운은 오기가 쉽지 않기 때문에 산과 들에 흔하지 않은 네 잎 클로버가 행운을 상징하고, 행복은 마음만 먹으면 행복하다고 느낄 수 있기 때문에 주위에 흔한 세 잎 클로버가 행복을 상징한다는 거야.

사전을 찾아보니 '행운'은 '좋은 운수'라고 되어 있고 '행복'은 '삶에서 기쁨과 만족감을 느껴 흐뭇함'으로 되어 있어. 이처럼 행운이 뜻하는 좋은 운수는 네가 원한다고 오는 것이 아니며 정말 우연히 올 수 있지만, 행복이 뜻하는 삶에서의 기쁨과 만족감은 주관적이기 때문에 너 자신이 그렇게 느끼면 되는 것이지.

행복은 찰랑대는 느낌이며 편안하고 평온하게 가슴 가득 스미는 잔잔한 빗방울 같은 것이야. 인간은 누구나 행복하기를 원하고 있어. 너는 지금 행복하다고 생각하니?

행복은 주어진 조건이 아니라 마음먹기에 달려있어. 행복과 불행을 결정하는 것은 외부 환경이 아니라 그 환경을 어떻게 바라보느냐에 달렸지. '원하는 학교에 들어가면 행복할 텐데…', '우리 집이 부자라면 행복할 텐데…', '좋은 이성 친구를 만나면 행복할 텐데…'

'이것을 성취하면 그때는 행복할 것'이라고 생각하겠지만 실은 그렇지 않아. 왜냐하면, 하나의 조건이 만족되면 또 다른 조건을 스스로 내세우기 때문이지. 그렇게 되면 행복은 이루어지지 않는 미래의 꿈에 지나지 않는 거야. 행복은 한두 걸음 앞에 있는 무지개와 같지만, 결코 느낄 수가 없게 되는 거지.

추구하는 걸 이루는 것은 성공이지 행복이 아니야. 추구하면서 좋아하는 것이 행복이지. 행복은 먼 훗날의 목표가 아니라, 이 순간 존재하는 것이야. 지금 이 순간 행복하다고 마음먹으면 행복할 수 있어. 지금 행복하다고 생각하고 느끼면 행복할 수 있는 거지.

행복은 멀리 있지 않아. 바로 앞에 있는 친구야. 행복은 먼 훗날 달성해야 할 목표가 아니라 지금 이 순간 존재하는 것이지. '지금'이 바로 행복의 순간이야. '여기'가 바로 행복의 장소야.

살아 있는 동안 행복해야 해. 지금 행복하다고 생각해야 해. 지금 현재 하는 일, 지금 현재 가지고 있는 것, 지금 현재 사랑하는 사람에 대하여 행복한 마음으로 받아들여.

행복은 감사에서 비롯되지. 행복해지려면 감사에 눈을 떠야 하며 감사가 바로 행복의 문을 여는 열쇠야. 행복이 너를 감사하게 하는 것이 아니라, 감사하는 마음이 너를 행복하게 하는 거야. 행복은 주어지는 것이 아니라 스스로 짓는 것이지.

삶 속에 이미 있는 것을 받아들이고 인정하는 데서 행복의 토대가 마련되는 거야. 네가 가진 것을 깨닫지 못하고 다른 것에서 행복을 찾으려 한다면 행복은 영원히 오지 않는 신기루에 불과해.

찬찬히 네가 가지고 있는 행복한 요소를 손가락으로 하나하나 꼽아 봐. 꿈이 있다는 것, 건강하다는 것, 사랑하는 가족이 있다는 것, 마음에 맞는 친구가 있다는 것, 조언해줄 멘토가 있다는 것 등등 많을 거야. 행복은 이미 자기가 가지고 있는 것 속에 있어.

행복이란 거창한 것에서 얻는 것이 아니라 아주 작은 것에서부터 행복을 찾아내는 자기 생각이야. 행복은 소박한 기쁨을 맛보고 그런 기쁨을 자주 만들어내는 능력에서 오는 것이지.

행복은 소유의 크기가 아니라 감사의 크기에 비례하지. 어떤 상황에도 불구하고 감사해 하며 웃을 수 있는 사람이 진정으로 행복한 사람이야.

　행복은 너를 둘러싼 환경이나 조건이 아니라 주관적 가치이지. '무엇을 소유했기 때문에, 무엇을 성취했기 때문에'가 아니라 '소유하지 못했음에도 불구하고, 성취하지 못했음에도 불구하고' 너 자신에 대해 만족하면서 즐겁고 평안한 마음을 가질 수 있다면, 이것이 진정한 행복이야.

　너는 자신과 친구를 비교하고 있지 않니? '친구 집은 부자인데 우리 집은 왜 가난할까?' '친구는 키가 큰데 나는 왜 작을까?' '친구는 날씬한데 나는 왜 뚱뚱할까?' '친구는 머리가 좋은데 나는 왜 보통일까?' 등등 말이야.

　비교는 행복이 아닌 불행으로 가는 지름길이야. 타인과 비교하면 좌절감을 느끼기 쉽고 스스로 기가 죽는 경우가 많아. 이제 이 비교하는 심리에서 벗어나야 해.

　남과 비교한다는 것은 남의 삶을 베끼는 거야. 정체성과 자아를 잃고 네가 가지고 있는 향기를 감추는 것과 같아. 너 자신을 확실하게 파악한 데서 행복의 모양새를 스스로 갖출 수 있어. 행복의 기준을 남에게 두지 말고 너 자신의 삶을 살아야 현재의 삶에 감사하게 될 거야. 이제는 타인과는 절대 비교하지 마.

그래도 비교하고 싶으면 너보다 못한 사람과 비교하면 현재 네가 가진 것에 감사하게 될 거야. 하지만 자신보다 못한 사람과 비교하면 교만해지기 쉬우므로 비교는 아예 하지 않는 것이 더 좋아.

행복이 너를 감사하게 하는 것이 아니라
감사하는 마음이 너를 행복하게 하는 거야.
행복은 주어지는 것이 아니라 스스로 짓는 것이지.

내일 죽을 것처럼 생활하라

한창 창창한 나이인 네게 죽음을 소재로 이야기한다는 게 조금 이상한 느낌이 드는구나. 하지만 언젠가는 죽게 되어 있는 인생에서 죽음을 의식하면서 생활하는 것과 죽음을 의식하지 않고 영원히 살 것처럼 생활하는 것은 큰 차이가 있기에 죽음을 소재로 글을 쓰게 되었어.

너는 또래의 청소년들이 희생된 여러 사고를 접하면서 비통함과 함께 죽음이 병들고 나이가 든 사람에게만 해당하는 것이 아니라는 사실을 실감했을 거야.

너는 또 지금까지 살면서 친척이나 주변 사람들의 죽음을 접했을 거야. 장례식에 참석하거나 묘지에 가서 매장하는 모습을 보거나 화장장에서의 광경을 보면서 삶과 죽음에 대해 많은 생각을 했을 거야. 하지만 막상 일상생활로 돌아오면 죽음을 의식하지 않고 삶이 영원할 것처럼 살아가고 있지는 않니? 나도 그렇게 살아가지만 이제 나이가 들면서 점점 '죽음'이란 단어를 의식하면서 살아가게 되는구나.

죽기를 원하는 사람은 없어. 하지만 죽음은 누구도 피할 수 없으며 언제 어느 시기에 인생의 시계가 멈출지 아무도 몰라.

죽음은 새로운 것이 헌 것을 대체하는 것이지. 지금 창창한 나이의 피 끓는 너는 새로움의 상징이야. 하지만 언젠가는 너도 나이가 들어 죽게 되어 있어. 좀 심하게 들렸다면 미안하지만, 사실이 그렇잖니?

삶은 제한되어 있어. 자신이 이미 죽었다고 생각하고 세상을 바라봐. 그러면 아무리 작은 것일지라도 세상의 모든 것이 얼마나 소중한지, 감사해야 할 것이 얼마나 많은지, 내 삶이 부모님이나 선생님이나 친구나 주변 친지들의 노고에 얼마나 의존하고 있는지 절실히 느끼게 될 거야. 그리고 네가 그들에게 정말 잘해 주어야겠다는 각오를 하겠지.

살 날이 딱 하루밖에 남지 않았다면 그 마지막 날이 정말로 소중하다는 걸 깨닫게 될 거야. 하루하루를 생의 마지막 날처럼 여기고 열심히 후회 없는 삶을 살아야 해.

스티브 잡스는 2005년 6월 스탠퍼드 대학교 졸업식에서 죽음에 관해 아래와 같이 연설했어.

"17살 때, 이런 인용구를 읽은 적이 있습니다. '하루하루를 인생의 마지막 날처럼 산다면, 언젠가는 옳게 되어 있을 것이다.' 이

글에 감명을 받은 저는 지난 33년 동안 되도록 거울을 보면서 자신에게 묻곤 했습니다. '오늘이 내 인생의 마지막 날이라면, 지금 하려는 것이 하고 싶은 것인가?' 아니요! 라는 답이 계속 나온다면 다른 것을 할 필요가 있습니다. 인생의 중요한 순간마다 '곧 죽을지도 모른다'는 사실을 명심하는 것이 저에게는 인생의 큰 선택을 할 수 있게 도와준 가장 중요한 도구가 됩니다. 외부의 기대, 각종 자부심과 자만심, 수치스러움과 실패에 대한 두려움들은 '죽음' 앞에서는 모두 밑으로 가라앉고, 오직 진실만이 남기 때문입니다. 죽음을 생각하는 것은 무엇을 잃을지도 모른다는 두려움에서 벗어나는 최고의 길입니다."

죽는다는 것을 알면서도 죽음을 잊고 살아가고 있지는 않니? 언젠가는 죽는다는 사실을 받아들일 때 삶이 얼마나 의미가 있는지를 깨닫게 되지. 삶의 유한함에 대하여 깊이 깨달으면 깨달을수록 살아있음의 소중함과 기쁨은 더욱 커질 거야. 삶의 배후에 죽음이 받쳐주고 있기 때문에 삶이 빛날 수 있는 거지.

죽음을 망각한 생활과 죽음이 시시각각으로 다가옴을 의식한 생활은 완전히 달라. 인생은 유한한데 영원히 살 것처럼 하루를 살아가면 안 돼. 죽음을 인식하고 살아가면 충실한 삶을 위해 최선을 다해야 되겠지.

삶을 낭비하지 마. 영원히 죽지 않을 듯이 흥청망청 살아서는 안 돼. 네 꿈을 향해 의미 있는 삶을 살아야 해.

네가 아무리 젊다고 하더라고 오늘이 남아 있는 날 가운데 가장 젊은 날이야. 오늘이야말로 인생에 남아 있는 날의 첫 번째 날이지. 인생이란 하루하루가 모여서 이루어진 만큼 그 하루하루를 의미 있게 사는 것이 인생을 잘 사는 길이야.

너를 믿는다

이렇게 글을 쓰고 보니 네게 "이렇게 해라. 저렇게 해라. 이것은 하지 말라"고 하면서 간섭처럼 들리게 한 것은 아닌지 모르겠구나. 하지만 언젠가 누구도 간섭하지 않고 너 자신이 모든 것을 책임져야 할 때에 어깨를 내리누르는 무거운 짐 같은 느낌을 받을 거야. 적절한 울타리를 쳐놓고 조언과 격려를 아끼지 않는 든든한 기댈 언덕이 있는 지금의 청소년 시절을 그리워하는 날이 올 거야.

누군가로부터 잔소리를 듣고 간섭을 받는다는 것은 그 누군가가 네가 잘되기를 간절히 바란다는 증표이지. 간섭 받지 않는 것이 자유스럽고 편하다고 생각할지 모르겠지만, 살면서 제일 외로운 것은 무관심의 대상이 되는 것이야. 잘 되었을 때 함께 기뻐하면서 칭찬과 격려를 받고 잘못되었을 때 용기를 불어넣는 충고와 조언을 들을 수 있다는 것은 삶의 큰 축복이지.

피 끓는 청소년인 너는 꿈을 품고 실현하기 위해 노력해야 해. 노력하는 과정에서 방황할 수도 실수할 수도 시행착오를 겪을 수도 있어. 하지만 어떤 상황에서라도 꿈을 품고 그 꿈을 실현하겠다는 마음가짐은 가지고 있어야 해.

네게는 약동하는 젊음의 생명력이 있고 창조력이 있어. 마음의 깊은 샘에서 우러나온 신선한 열정을 발산하면서 용기와 풍부한 상상력으로 미래를 창조해이 해.

네 꿈의 실현이 아름다운 미래의 보증수표야. 세상을 움직이는 건 창조적인 소수자야. 너는 창조적인 인재가 되기 위해 열과 성을 다해야겠지. 너를 믿는다.

이 책을 집필하는 동안 시력 저하로 급기야 레이저 시술을 하고서 원고를 완성했어. 어쨌든 네가 이 책을 읽고 꿈을 결정하고 실현해야겠다는 각오를 다지는 데 도움이 되었다면 내게는 큰 위안이고 보람이야. 건투를 빈다.

중학시절이 인생을 결정한다

쫄지마
중학생

중학시절이 인생을 결정한다

윤문원 지음 | 값 13,800원

베스트셀러이자 스테디셀러

꿈에 미치면 방황할 틈이 없다
꿈과 이상을 심어주는 삶의 지침서

질풍노도의 시기를 관통하고 있는 중학생들을 위한 멘토적인 책이다. 꿈을 키
우기 위한 요건들을 많은 예를 들어가면서 설득력 있게 설파하고 있다. 아울러
학교폭력을 당하여 투신자살한 중학생의 유서 게재와 교사, 학부모, 가해 학
생, 죽은 피해 학생에게 띄우는 편지 형식의 글을 통해 학교폭력에 대한 경종
을 울리고 있다.

잘나가는 청춘
흔들리는 청춘

사회 진출한 젊은 그대에게

윤문원 지음 | 값 14,000원

태국에서 번역 출간된 베스트셀러

청춘의 잔치를 벌여라
삶의 지침서이자 사회생활 지침서

사회에 첫발을 내디뎠을 때는 꿈에 부풀기도 하지만 미래에 대한 불안함이 겹치는 시기이다. 이 책은 사회에 진출한 젊은이에게 '흔들리는 청춘'이 아니라 '잘나가는 청춘'이 될 수 있게 하는 사회생활 지침서이자 삶의 지침서이다.

길을 묻는
청소년

너를 사랑한다
너를 믿는다